별 본 밤

박하영 수필집

초판 발행 2022년 11월 4일
지은이 박하영
펴낸이 안창현 **펴낸곳** 코드미디어
북 디자인 Micky Ahn **교정 교열** 민혜정

등록 2001년 3월 7일
등록번호 제 25100-2001-5호
주소 서울시 은평구 갈현로 318-1 1층
전화 02-6326-1402 **팩스** 02-388-1302
전자우편 codmedia@codmedia.com

ISBN 979-11-89690-80-9 03810

정가 15,000원

별 본 밤 | 박하영 수필집

수필의 문을 두드린 지 20여 년, 그동안 작품 쓴 걸 모아 두었다 이제야 수필집을 낸다. 본래 느릿느릿하기로 소문이 난 것처럼 작품도 10여 년 전에 냈을 걸 차일피일 미루다 오늘에 이른 것 같다. 아니 느리기도 했지만 작품도 변변치 않아 작품집 내기를 꺼려했다고 해야 할 것이다. 세월이 흐르다 보니 이제 미룰 일이 아니고 저질러야 되겠다고 생각하기에 이른 것이다. 수필을 쓴다는 것은 나 자신을 고스란히 드러내는 일이기에 부끄럽고 쑥스럽기도 하다. 그러나 좋은 작가가 되려면 자신을 벌거벗은 듯 적나라하게 써야 한다고 내게 말해준 친구가 생각난다. 내가 쓴 글에는 내 일상과 내 생각과 내 인간관계가 드러나기 때문에 그럴 것이다. 그래서 거짓 없이 있는 그대로 쓰려고 노력했다.

나는 여행을 좋아한다. 보고 듣고 생각하고 느끼다 보면 수필 쓸 거리가 풍부해진다. 그래서 여행을 국내는 물론 먼 나라, 남미, 아프리카까지 많이도 돌아다녔다. 부지런히 썼으면 몇 권의 책이 나왔을 텐데 한 권의 책도 내지 못한 아쉬움이 크다. 모두가 게으른 탓이고 느린 탓이라고 변명해도 어쩔 수 없다. 시를 쓴답시고 허송세월 다 보내고 겨우 시집 두 권 내고 뒤늦게나마 이제야 수필집을 내게 되어 여러 문우님들께 미안하고 죄송하다.

부디 이 책을 읽게 된다면 이런 제 마음을 알아주실 것이라 믿기에 용서를 빈다. 언젠가 때가 되면 다 이루어질 것이라고 믿는다. 오늘의 내가 있기까지 수필을 가르쳐주시고 이끌어주신 윤재천 선생님과 시를 일깨워주시고 사랑으로 챙겨주신 지연희 선생님께 거듭 고맙다는 감사의 인사를 드린다. 늘 곁에서 나를 담금질해주고 격려해 주는 남편과 말없이 밀어주고 믿어주는 두 딸과 사위에게도 사랑한다는 말을 전하고 싶다.

끝으로 좋은 작품을 보내주신 존경하는 선후배 문우님들께도 고맙고 사랑한다는 인사를 정중히 올린다.

2022년 가을
산아랫마을 호반에서
박하영(항덕) 올림

Contents

2 ·························· 은행나무 숲을 찾아

Contents

4 .... 내 인생의 홀인원

Contents

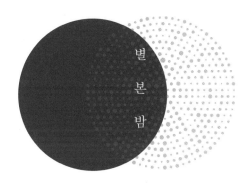

별
본
밤

꿈같은 지난날을 옛이야기 하듯이 편안하게 할 수 있을 것 같다.
이젠 운명의 신도 더 이상 재를 뿌리진 않을 것이야. 오늘 밤도 밤
하늘의 별을 찾아 공해 없는 강원도 홀리란 마을에 왔다.
행여 별이 되었다면 너를 찾으러.

- 「밤하늘 별이 되었니?」 중에서

1부

아침고요
수목원으로
가라

꿈의
마을에
들다

초롱초롱 별꽃들이 피어나는 밤이 거기 있었다. 창밖은 어둠이 밀려오고 있으려니 했는데 하늘에 무수히 피어나는 별꽃들이 반짝반짝 쏟아져 내린다. 어지간해서는 별을 볼 수 없는 고국의 밤하늘과는 비교할 수 없는 찬연한 밤하늘이다. 빛을 잃어버리고 꿈을 잃어버린 고국의 별들은 이 밤에도 가엾게 몸살을 앓고 있을 것이다. 아직 공해를 모르고 사는 이곳 별들은 반짝반짝 저렇게 자유롭게 꿈을 꾸고 있는 듯 부럽기만 하다.

밤이 되자 풀벌레 울음소리가 자지러진다. 모기떼, 날파리, 도롱뇽, 맹꽁이들의 울음소리가 까맣게 잊혀버린 옛날을 불러온다. 집 앞 못자리 논에서 개굴개굴 울어대던 그 소리를 닮았다. 60년대 우리나라의 시골을 여기서 만난다.

이곳에 온 사람들은 배낭에 꿈을 가득 싣고 왔나 보다. 얼굴엔 환한 웃음만 가득하고, 맛있는 뷔페식 밥상이 매일 끼니마다 나오니 맘껏

골라서 먹고, 공을 때릴 수 있는 넓은 그린이 펼쳐져 있고, 리조트엔 넓고 깨끗한 거실과 침실이 갖춰진 곳, 내 집처럼 한 보름 머물 수 있어 행복한 사람들, 이들은 고국에 모든 걸 잠시 놓아두고 왔기에 걱정 없는 사람처럼 싱그럽고 활기차 보인다. 꿈의 마을에 어울리는 사람들, 부부이기도 친구이기도 한 사람들끼리 어울려 그저 한가롭고 평화롭기만 하다.

나뭇잎 하나 끄덕하지 않는 오후 햇빛은 초원을 달구고 새들도 잠시 휴식을 취하는지 고요한 정적이 흐른다. 어렸을 적 그 하늘만큼 흰 구름 뭉게뭉게 피어오르고 카의 뒤꽁무니에 캐디 아가씨의 노란 옷자락이 펄럭이며 더위를 몰아간다. 일상을 접어두고 이곳으로 온 사람들, 누가 뭐래도 지금은 땀을 흘리며 그린을 누비는 주인공이다.

이 골프장엔 200명의 캐디가 대기하고 있다. 노란 상의에 군청색 바지를 입고 챙이 넓은 모자를 쓰고 그 위에 수건을 걸치고 있어도 피부는 햇빛에 그을린 구릿빛이다. 1인 1캐디가 따라붙는 곳, 1000원의 팁이 주어져도 황공한 듯 두 손을 모아 고개 숙이는 그들, 순박하고 건실한 그들의 성품이 우리의 마음을 사로잡는다. 그들의 생계가 캐디의 수입으로 연명 되고 오늘도 카 뒤에 매달려 하루를 연장하고 있다. 눈물겹도록 순박한 모습이 오래 머릿속에 남을 것 같다.

태곳적의 적막한 밤이 흐르고 있다. 가끔씩 울어대는 벌레들, 세월을 거슬러 원시의 숲으로 울어대면 나는 현실을 망각하고 이상한 나라의 앨리스라도 된 듯한 기분에 빠진다. 잠이 안 와도 좋은 곳, 이 적요의 밤을 맞아 난 꿈의 동산에 나래를 편다. 행복과 평화와 자유의 공간에 주어진 최상의 휴식이다.

나는 급한 일이 있어 하루 먼저 떠난 남편에게 오랜만에 편지를 쓴다.

당신을 먼저 고국으로 보내고 나는 이곳에 남았습니다.

조금은 허전하고 쓸쓸하지만 이 허전함과 적막함이 내겐 귀한 마음의 양식입니다. 너무 채워져 있기에 귀한 줄 모르는 것을 잠시 떨어져 있음으로 새삼 되새겨 봅니다.

미국에 갔을 때도 당신은 동부에 남게 되고 (비자에 사인이 빠져있다는 이유로) 나는 혼자 캐나다로 넘어가게 되어 뜻하지 않는 하룻밤의 이별을 맞이했을 때도 이런 마음이었습니다. 잠시 헤어짐의 시간이 그동안 가져보지 못한 귀한 시간이 되리라는 것을 나는 압니다.

오늘 밤 나는 나 자신을 찾아 잠시 방황하며 잠 못 이뤄도 행복할 것입니다. 내일이면 나도 고국으로 돌아가는 비행기를 타기 때문입니다.

벚꽃에
취하다

겨울이 길게 덜미를 잡고 놓아주지 않던 어느 날이었다. 집 앞 공원에 훈훈한 바람이 가득 들어찼다. 겨우내 움츠렸던 나무들이 슬며시 몸을 풀고 나뭇가지에선 새싹이 가만히 고개를 내밀었다. 새싹보다 빨리 꽃망울이 부풀기 시작한 벚나무 가지에선 툭툭 꽃봉오리가 터져 나왔다.

아직까지 공원은 삭막했지만 겁 없이 터져 나오는 꽃망울들이 하루가 멀다고 투두둑 뻥튀기처럼 터지더니 며칠 후 공원은 하얀 벚꽃 가지로 그득하게 들어찼다. 온 세상이 하얀 꽃 너울을 뒤집어쓰고 축제의 팡파르를 울리고 있었다.

때를 놓칠세라 사람들은 너도나도 공원으로 모여들었다. 며칠 있으면 사그라져버릴 걸 알고 있었나 보다. 축제를 벌인 듯 사람들은 벚꽃 터널 아래 몰려들어 사진 찍느라 부산하고 그들의 마음은 풍선처럼 부풀어 희망으로 넘쳐났다. 며칠 전만 해도 삭막하던 공원이 갑자기 화려한 꽃 대궐로 변신했기 때문이다.

바람이 한차례 스치고 지나가면 눈보라 치듯 휘날리는 꽃잎들의 자유분방함이 장관이다. 벚꽃의 절정은 바로 이런 풍경을 두고 말하는 것이리라. 나는 탄사를 자아내며 그 꽃길을 걸어 문화센터 시반으로 향하고 있었다. 이런 날 이 공원에 들러 야외 수업을 해야 제격일 텐데- 한다면 얼마나 신날까, 금방 시 한 편씩 건질 수 있을 텐데- 하는 생각을 하며 시반에 도착했다.

내가 벚꽃에 취해 지각을 많이 했지만 회원들이 나를 보더니 왜 그리 얼굴이 환하게 예뻐졌냐고 난리였다. 난 벚꽃길을 걸어오다 그만 취해버렸다고 했더니 그럼 그렇지 벚꽃의 기를 받아서 그렇게 화사해졌다고 나를 더 둥둥 띄워주었다.

눈송이처럼 휘날리는 꽃잎을 맞으며 향기에 취해 걷는 동안 내 얼굴도 벚꽃처럼 발그레 물들었던 건 분명하다. 벚꽃길은 꿈속처럼 아련하게 남아 지금도 나를 황홀하게 감싸준다.

아침고요
수목원으로
가라

　　푸른 산이 부르고 푸른 들이 손짓하고 있다. 신록의 부름에
못 이겨 그곳으로 길을 내었다. 현리로 가는 길목 중간쯤 수려한 경관
에 자리잡고 있는 아침고요 수목원, 그 이름만 들어도 아침의 고요한
적막이 흐르는 듯 마음이 평안해지고 답답한 일들이 실타래 풀리듯
잘 풀릴 것 같다.

　　산들이 첩첩이 둘러싸인 아침고요 수목원은 마치 스위스 어느 산골
마을을 연상시킨다. 어디선가 목동들의 맑은 피리 소리가 초원을 가
로질러 들려오고, 꽃을 든 알프스 소녀의 아리따운 모습이 선명히 그
려진다. 나뭇잎과 꽃을 스치며 불어오는 한줄기 솔바람에 가슴 가득
싱그러움이 밀려든다. 여기저기 청초하게 피어난 꽃이 숲속 가득 향
기를 채우고 우리 마음까지 향기롭게 적셔준다.

　　하늘 정원, 에덴 정원, 약속의 정원, 달빛 정원- 이름에 걸맞게 이미
지를 연출하고 있는 정원들의 분위기에 푹 빠져본다. 수채화 물감으

로 찍어 바른 듯 형용할 수 없이 고운 빛깔의 꽃이 다소곳이 제 향을 피우며 나비와 꿀벌을 불러 모으고, 구경하는 사람들의 마음속을 헤집고 들어온다. 산소와 음이온이 물씬물씬 풍기는 신선한 공기를 실컷 들이켠다. 10년은 더 젊어지고 무겁던 마음이 가뿐히 비워진다. 지끈거리게 아팠던 머리가 금방 치유되는 느낌이다.

몸이 고단하고 지친 자는 무조건 아침고요 수목원으로 가라. 마음이 답답하고 울적한 자도 아침고요 수목원으로 가라. 초록 숲에 몸을 맡기고 마음을 열어놓으면 어느새 새로운 내가 되어 있을 것이다. 들꽃이 무더기로 핀 알프스 산장에서 경쾌한 발걸음으로 소녀가 걸어오고 있는 것처럼.

벚꽃이
길을 열다

남산에 벚꽃이 제 시절을 만났다. 신문에서 벚꽃이 만개한 남산을 하늘에서 내려다보고 찍은 사진을 보고 오늘은 모든 일 제쳐놓고 남산 행차를 하기로 하였다.

남편을 졸라 남편 친구 부부와 함께 국립극장 쪽에서 산책길을 따라 걷기로 했다. 서울에서 30여 년을 살았지만 남산 벚꽃 구경 가는 길이 처음이니 '나도 참 무던하구나' 하는 생각이 절로 든다.

벚꽃 터널이 화려하게 펼쳐진 길을 걷노라니 마음이 설레고 풍요로워진다. 시내버스가 일방통행으로 다니고 승용차는 아예 못 다니게 막아 놓았다. 그래서인지 잘 닦아놓은 산책로를 오르내리는 사람들이 활기차고 여유롭게 보인다. 오르다 보니 벚꽃만 만발한 게 아니라 연분홍 진달래와 노란 산수유도 활짝 피어 수를 놓고 있다. 도심 한가운데 이만큼 실속을 잘 갖춘 듬직한 산이 있다는 게 여간 자랑거리가 아니다. 이렇게 좋은 산책로가 숨어 있는 줄을 오늘 처음 알았으니 한심하지만 그나마 다행인 셈이다.

　동행하는 분과 함께 이야기를 나누며 천천히, 될 수 있으면 좌우를 두루 살피며 산을 오른다. 우람한 벚꽃 나무들이 100년은 넘게 나이를 먹었을 것 같다. 꽤 오래된 노목이 줄지어선 길을 오르며 감탄사를 연발한다. 벚나무가 온통 산을 부풀리고 있는 것도 좋지만 아름드리 소나무가 다투어 가지를 드리우고 있는 모습이 듬직하게 다가온다. 저런 소나무 한 그루 사려면 몇백만 원 갈 듯싶은데 기품 있는 멋진 소나무가 저렇게 많이 버티고 있으니 보기만 해도 저절로 부자가 되는 기분이다. 우리나라 서울 중심에 큰 보물산을 묻어두고 있는 셈이다.

　어느새 정상에서 높이 하늘로 솟아 위용을 자랑하는 서울 타워에 도착했다. 얼마 전까지만 해도 남산 타워라고 부르던 곳이다. 서울을 상징하고 나타내는 곳이기에 서울 타워라고 고쳤을 것 같다. 평소에 서울 타워에 올라 시가지를 굽어보고 싶다는 생각을 많이 해 왔지만 그 꿈이 오늘에야 이루어졌다.

　고속 엘리베이터를 타고 순식간에 전망대에 오르니 서울 시가지가 사방으로 뿌옇게 흐려 보인다. 남산 위쪽은 맑고 선명한데 시가지는 뿜어내는 매연에 의해 뿌옇게 흐려 보이는 것이다. 시민들이 저 매연을 마시며 살고 있으니 기가 막힐 노릇이다. 남편 친구분이 어서 서울을 떠나야 되겠다고 말을 하니 우리 모두도 같은 생각이 들지 않을 수 없었다. 이 광경을 보고 이곳에서 더 오래 살겠다고 생각할 사람은 아무도 없을 것 같았다. 어떻게 하면 깨끗하고 맑은 도시가 될 수 있을지막막하였다.

　걱정도 잠시뿐, 남산을 위에서 내려다보니 빼어난 지형과 그 산세를 더욱 화려하게 장식해 주는 꽃과 나무들의 어울림이 장관이다. 반은 흰 벚꽃이요 반은 푸르른 신록들이 군데군데 섞이어 절경을 이루고 있다. 해마다 이 모습은 되풀이되고 있었을 텐데 이 환상적인 코스를 모르고 살아오다니 현실에만 급급하여 살아온 우리가 바보스럽다. 지금도 절경이지만 가을은 단풍으로 수를 놓아 더욱 아름다울 것이고, 겨울은 또 겨울대로 멋진 설경을 이룰 것 같다. 사시사철 아름다운 모습으로 지친 시민들에게 위안을 주고 용기와 희망을 심어주고 있다. 사방을 돌아가며 그림처럼 펼쳐진 시가지를 구경하고 아름다운 풍경을 머릿속에 입력해가지고 내려왔다.

　벌써 해가 질 무렵이다. 내려오는 길은 벚꽃이 더욱 환하게 터널을 이루고 있다. 벚꽃은 밤에 보는 게 더 아름답다고 한다. 그래서 밤 벚꽃놀이란 말도 생겼을 것이다. 프랑스 에펠탑에서 내려다본 풍경 못지않게 남산을 품에 안은 시가지와 폭넓게 흐르는 한강의 모습이 정겹다.

　서울은 이 보배로운 산을 가슴에 안고 무궁무진 발전해 가고 있다. 매연으로 시가지가 뿌옇게 보여도 그나마 남산이 버티고 있기에 서울은 살아 숨 쉬고 있는 것이다. 우리 시민 모두가 사는 데만 급급히 매달리지 말고 철마다 한 번, 아니 일 년에 한 번이라도 꼭 남산을 오를 수 있다면 그 사람은 행복한 사람일 거라고 믿는다.

저녁 바람이 산들 부니 벚꽃이 눈송이처럼 펄펄 휘날린다. 향기로운 꽃눈을 맞으며 가끔씩 이곳에 오자는 무언의 약속을 가슴에 다지고 우리는 흠뻑 벚꽃에 취해 산책길을 내려오고 있었다.

잊지 못할
그 노래

나에겐 잊지 못할 노래가 많다.

어렸을 적 부모님이 즐겨 부르시던 〈봄날은 간다〉는 늘 그립도록 생각나는 노래다. 지금까지도 그 노래는 많이 불리고 날이 갈수록 사랑받고 있는 걸 보면 명곡 중에 명곡임은 분명하다.

지금은 벌써 저세상 사람이 되셨지만 부모님 두 분 다 구성지게 가락을 뽑으며 노래를 잘하셨던 걸로 기억된다. 그래서인지 부모님 슬하에 두셨던 우리 8남매는 나만 빼고 모두 노래 한 가락씩은 곧잘 하는 집안이었다.

내가 어렸을 적에 큰 오빠가 즐겨 부르던 〈베사메 무초〉, 〈아마다미아〉 이런 노래는 지금도 생각나고, 군대에 갔을 때는 군악대를 했다고 들었다. 중등학교 수학 교사로 지내다가 안타깝게도 아버지 제사를 잘 모시겠다고 목욕하시다 갑자기 세상을 떠나게 됐다. 둘째 오빠도 일찍 돌아가셨는데 젊었을 때부터 창을 배워 〈육자배기〉를 즐겨 부르던 걸로 기억된다. 돌아가시기 일주일 전에 내가 다니던 대학 근처까지 찾아와 나를 만난 적이 있었는데 그게 오빠와의 마지막 만남일 줄은 꿈에도 생각지 않았다. 참 정이 많고 따뜻한 분이었는데 생각만 해도 마음이 울컥해 온다. 셋째 오빠는 시, 그림, 노래를 모두 잘했었다. 기타를 치며 〈집시 여인〉 노래를 부를 때면 어린 나도 애간장이 녹을 지경으로 정열적인 분이었는데 오빠도 병마와 싸우다가 너무 짧게 생을 마감하셨다. 생각해 보면 너무 가슴 아픈 일이지만 운명으로 받아들일 수밖에 없었다.

내 바로 위인 넷째 오빠는 중학교 다닐 때 콩쿠르에 나가 상을 받아올 정도로 노래 실력이 쟁쟁했고 평생 정형외과 의사로 일하다 퇴직하셨다. 광주에서 열리는 연극배우로도 종종 활동하고 있으며 내게 단 한 분뿐인 오빠로 남아계신다.

내 나이 7살 때 서울로 시집간 하나뿐인 언니도 옛 유행가를 처량하게 잘 불렀다. 〈이별의 부산정거장〉, 〈대전발 영 시 오십 분〉 이런 노래를 콧등이 시큰하게 불렀던 기억이 새롭다. 시집가서도 언니의 일생처럼 기구하게 부르던 〈여자의 일생〉 또한 가슴을 후비도록 절절하게 불렀다.

내 바로 아래인 남동생도 둘째 가라면 서러울 정도로 목소리 좋고 감정이 풍부하여 노래를 기막히게 잘 부른다. 공부를 잘하여 교수가 되었지만 고교 동문회 노래자랑에 참가해 당당히 1등을 하여 상금 300만 원을 받았노라고 내게 자랑하던 기억이 새롭다. 문학의 집·서울에서 문파문학회 행사로 시 낭송회가 있을 때 나랑 같이 내 시를 낭송한 적이 있었다. 그때 노래 한 곡을 신청하여 불러 달라고 했더니 최백호의 〈낭만에 대하여〉를 실감 나게 잘 불러서 박수갈채를 받은 적이 있다. 사람들은 식구가 다 노래를 잘한다고 하니까 나까지 잘하려니 생각 하지만 나는 전혀 아니다. 노래는 그 누구보다 좋아하지만 성격 탓인지 자신감이 없어 나만 빼고 모두 잘한다고 늘 말하게 된다.

마지막으로 막내인 남동생은 어렸을 때부터 끼가 넘치는 애였다. 내가 고3 때 초등학교 6학년이었던 동생은 우리 집에서 친구들과 크리스마스이브를 보낸 적이 있다. 친구들이 동생에게 노래를 시켰는데 그 당시 유행하던 남진의 〈사랑에 울어〉라는 곡을 남진 뺨치게 잘 불러서 우리 친구 모두를 울렸던 기억이 난다. 그때 친구들이 나중에 이 녀석은 꼭 가수가 될 거라고 점찍었는데 아닌 게 아니라 대학 4학년 때 MBC 대학가요제에 나가 김수남 시에 동생이 작곡한 노래인 〈저녁 무렵〉을 친구들과 트리오로 불러 동상을 받았다. 그 곡은 노랫말도 좋았지만 경쾌한 통기타 반주에 뛰어나게 아름다운 멜로디로 기억된다. 막내는 그림도 잘 그려 고등학교 때 전국 대회 상을 많이 받았다. 자연스럽게 미대를 가서 중등학교 미술 교사가 되었으나 음악의 꿈을 접지 못해 교직을 내려 놓고 가수의 길을 걷게 되었다.

막내인 남동생은 본격적인 가수 활동을 하면서 주로 유명 시인들의 시로 작곡하거나 자작시를 작곡하여 불렀다. 정호승, 안도현, 김용택, 김후란, 문병란 등 많은 분의 시를 작곡하여 불렀다. 그중 문병란 시인의 〈직녀에게〉를 작곡하여 한때 김원중 가수가 부르기도 했다. 우리나라 남과 북을 은하수에 빗대어 통일의 날을 갈망하던 노래로 건전가요 100곡 집에 실려 있는 노래다.

내가 평생 직장으로 다니던 교직을 명퇴하고 시로 등단하여 첫 시집 『바람의 말』을 냈을 때 그 시집 맨 앞 장에 나오는 시 「한 점 고요한 바람이고 싶어」라는 시를 작곡하여 불러 주었을 때 나의 기쁨은 그 무엇보다 컸다. 서울에서 내게 시의 길을 열게 해주신 지연희 선생님이 주관하는 문학행사가 있을 때 몇 번 초청하였는데 그때마다 아름다운 노래로 탄생시켜 주어서 감격하지 않을 수 없었다.

> 그대 홀로 들길 거닐 때
> 무심코 눈에 띄어 환한 기쁨 안겨 주는
> 나 한 송이 함초롬한 들꽃이고 싶어
>
> 그대 창가에서 한숨 지을 때
> 그대 눈동자에 슬픔 떨궈주는
> 나 맑은 이슬방울이고 싶어
>
> 그대 이마에 고뇌에 찬 주름 일 때
> 흩어진 머리카락 쓸어 올려주는
> 나 한 점 고요한 바람이고 싶어

그대 일과에 지쳐 힘겨울 때

고단한 심신 아늑히 쉬게 하는

나 한 그루 푸른 나무 그늘이고 싶어

　　　－「한 점 고요한 바람이고 싶어」

　이 시는 단번에 써 내려간 쉽게 쓴 시였기에 작곡하기에도 쉽게 오선지를 메꿔가지 않았을까 생각해 본다. 가끔 산책하면서 이 노래를 흥얼거리게 되면 나도 모르게 기분이 상쾌해지고 행복해진다. 교사직을 그만두고 가수의 길을 택한 동생의 진로에 처음엔 걱정도 많았지만 지금 생각해 보니 본인이 좋아서 선택한 길을 40년이 되도록 꾸준히 잘 가고 있어 박수를 쳐주고 싶다.

　10년 전 30주년 기념 콘서트를 전국으로 순회공연했고, 작년엔 40주년 기념 콘서트를 광주에서 후배들이 주선하여 헌정 공연까지 해 주어서 여간 감개무량하지 않았다. 역시 그림보다는 노래의 길을 택하길 잘했구나 하는 생각을 해본다. 언젠가 TV 프로그램 〈콘서트 7080〉에도 나와서 노래한 적이 있다. 유명 가수는 아니지만 광주에서는 꿋꿋이 가수의 품위를 떨어뜨리지 않고 오직 민초의 가슴을 울리는 진정한 가수로 남아있기에 자랑스러운 마음으로 늘 격려를 보낸다.

포도 같은
아내

　우리나라 과일은 세계 어디에 내놓아도 뒤지지 않는 맛과
모양새를 갖추고 있다.

　올여름 유난히 더워선지 과일 풍년이 들었다. 과일마다 맛이 일품
이다. 그중에서도 손꼽으라면 포도를 마다하지 않을 것이다. 여름부터
나오기 시작하던 포도는 가을까지도 쉼 없이 나오더니 12월인 지금까
지도 멈추지 않는다. 아무리 먹어도 질리지 않고 탈이 없는 과일이기
에 우리 집에서도 늘 즐겨 먹는다.

　어렸을 적 우리 고장엔 포도나무가 귀해서 포도를 먹을 기회가 많
지 않았다. 포도를 보면 탐스럽게 열린 포도송이가 너무 신기하여 한
알씩 톡톡 따 먹으면 달콤하게 퍼지던 그 맛이 그 어떤 과일보다도 뛰
어났던 기억이 생생하다. 맛만 좋은 게 아니었다. 향기 또한 그 어느
과일에 뒤지지 않았다. 코에 스미는 달콤한 향취는 소녀 시절 나를 사
로잡기에 충분했다.

스웨터 하이얀 가슴에 오롯이 돋아난 포도 알이 아니어도 내 고장 6월은 청포도가 익어가는 계절을 읊조리며 포도 같은 사랑을 꿈꾸기도 했다.

식사 후 우리 집 메뉴는 포도가 빠지지 않는다. 깎을 걱정하지 않고 깨끗이 씻어서 한 송이씩 먹으면 음식 먹은 뒤끝이 개운하고 소화도 잘 된다. 쉽게 사서 편하게 먹을 수 있는 과일이라는 장점도 있다. 그뿐만 아니라 포도를 가장 좋아하는 이유는 포도주를 담글 수 있어서가 아닐까. 포도주는 누구나 편하게 마실 수 있는 술 중의 하나다. 적당히 마시면 우리 몸 속 혈액 순환을 도와 건강에도 도움을 준다고 한다. 그 때문에 특히 적포도주를 선호하는 사람이 많다.

오래전 포도주를 담그며 썼던 시가 생각난다.

포도주를 담그며

빛 고운 항아리에
나는 포도송이 알알이 따 담고
당신은
켜켜이 설탕 뿌려 밀봉해두고
당신과 나 마주 보며
향기롭게 익어갈 포도주 생각에
군침을 삼킵니다

당신의 흰머리

내 이마의 주름

자고 나면 주책없이 늘어

세월의 덧없음을 탓해보지만

때로는 밉고 섭했던 마음

눈 녹듯 녹여 버리고

오래된 술맛같이

세월이 흐를수록

당신과 나의 사랑

더욱 깊고 향기롭게 발효하길

나의 첫 시집에 실렸던 시다.

세월이 흐르다 보면 당신과 나의 사랑도 깊게 발효하여 맛있고 향기롭길 기대했는데 며칠 전 남편이 건네는 말에 나를 다시 한번 되짚어 보는 계기가 되었다.

저녁 식사 후 남편은 후식으로 포도를 먹으면서 한마디 했다.

"난 포도만 먹으면 식후 모든 게 해결되니 겨울에도 계속 포도를 떨어뜨리지 마."

요즘은 수입 포도도 많이 나오고 있으니 걱정할 일은 아닌 것 같아

냉큼 대령하겠노라고 대답했다. 거기까진 좋았는데 그다음 말에 난 어안이 벙벙했다.

"그리고, 당신도 꼭 포도 같은 아내였으면 좋겠어."

난 의아한 눈으로 남편을 쳐다보았다.

"무슨 말인지 모르겠어? 곰곰이 생각해 봐."

남편은 늘 소화가 안 되어 운동을 하지 않으면 안 되는 사람이다. 위 안에 메추리알 크기의 혹이 하나 있기 때문이다. 다행히 악성은 아니어서 평생 달고 살고 있다. 그런데 포도를 먹으면 속이 편하다 하니 그 문제는 포도만 있으면 해결된다는 뜻이고, 포도 같은 아내는 포도로 소화불량이 해결되듯이 나도 포도 알처럼 자기가 힘들지 않게 문제되는 일들이 나로 인해 척척 해결될 수 있으면 좋겠다는 이야기가 아닌가. 포도 대령하는 일은 쉽지만 포도 같은 아내가 되기란 정말 쉽지 않다는 걸 알고 있기에 그만 대답을 못하고 입을 다물었다. 한참을 생각하다 속에서 아우성치는 소리가 들렸다. '그래, 포도 같은 사람이 되는 게 뭐 대수겠어? 까짓것 포도처럼 탱탱하게 그윽한 향기 내뿜으며 오래오래 발효되어 익어가는 포도주인들 못 되겠어? 그래, 그래. 나도 포도가 될 수 있어.' 그렇게 큰 소리 땅땅 치며 말을 왜 못 했을까? 그만큼 많이 부족하고 자신 없는 아내였음을 인정하지 않을 수 없었다.

나는 지금도 입 안에서 감도는 포도 같은 아내? 하고 자꾸 의문표를 찍는다. 그럼 당신은 나에게 뭐 같은 남편이 되고 싶은데? 하고 묻고 싶다. 감 같은 남편? 사과 같은 남편? 아무래도 감 같은 남편이 좋을 성싶다. 단감은 아니라도 땡감이라도 되어서 시간이 갈수록 떫은맛이 홍시로 변할 때까지 점점 깊은 맛으로 숙성되어 되어 가는, 참을성 있게 기다릴 줄 아는 남편이 되어주길 바라본다.

　나 또한 하루도 빠짐없이 포도를 대령하고, 포도 같은 아내가 되기 위해 무던히 노력할 것이므로.

어느
6월의
초대

    어느 6월, 숲속 별장에서 초대장이 날아왔다. 하얀 머리 문학 소년이 몇몇 동인 회원을 초대한 것이다. 신록으로 우거진 그 숲속은 옆으론 소나무와 잣나무 숲이 하늘을 가리고 앞으론 아카시아, 밤나무 숲이 흐드러지게 향기를 내뿜고 있었다. 집 마당엔 잔디가 깔려 있고 잔디밭을 빙 둘러 화단에는 색색이 온갖 꽃이 피어 우릴 반겼다. 텃밭엔 가지가지 채소가 제 빛과 향취를 발휘하고 오이, 호박 넝쿨은 담장을 기어오르고 있었다.

    점심에 초대된 우리는 우리가 먹기 위해 손수 채소를 솎았다. 햇빛은 쨍 쏟아졌지만 무공해 채소인 고추, 오이, 가지도 따고 싱싱한 상추, 깻잎, 미나리, 쑥갓, 곰취- 그 외에 이름도 모를 잎들을 한 소쿠리씩 뜯었다. 손수 뜯어 먹는 체험을 하도록 한 배려였다. 아파트 숲속에서 살다 온 우리에겐 좀처럼 경험하기 어려운 일이다.

    식탁이 야외에 차려졌다. 반찬은 열무김치, 백김치, 멸치볶음, 오이 냉국이 차려지고 사모님이 담그셨다는 막된장 항아리에서 직접 된장을 퍼 오셨다. 숯불 위에선 고기가 구워지고 있고 우리 회원이 가져온 와인 한 잔으로 건배를 외치고 우리가 뜯어온 싱싱한 야채와 된장으로 고기를 싸 먹는 그 맛은 아무리 표현을 해도 거기에 다 미치지 못한다. 특히 색다른 막된장 맛이 일품이었다.

식사가 끝나고 디저트로 나온 과일은 갓 따온 앵두와 딸기, 참외의 상큼한 과일로 마무리하였다. 마지막은 자리를 거실로 이동하여 커피를 마시며 초대한 분의 시를 가지고 한 편씩 낭송하고 시에 대한 의견을 나누는 시간이 되었다. 선생님의 시가 원숙하게 익어 가는 과일 맛처럼 깊이가 심오했다.

많은 이야기가 오갔고 그러다가 한 회원이 체험한 사랑에 대한 이야기가 절로 나왔다. 연세가 많으신 분이었는데 그런 사랑을 할 수 있었다니 새삼 그분이 시를 쓸 수밖에 없는 운명이었음을 알게 됐다. 아무도 모르게 꽁꽁 묻어둔 사랑, 그 사랑 때문에 심장에서부터 열꽃이 피어올라 얼굴까지 빨갛게 솟아올랐다고 한다. 그 아픔에 견딜 수 없어 그는 기도했다. 이렇게 애간장이 타는 사랑으로는 둘 다 살 수 없으니 그이가 죽든지 내가 죽든지 한 사람은 차라리 죽게 해달라고-. 그런데 그 기도가 응답이 되었는지 그이가 외국에 가서 사고로 죽어서 돌아왔다고 한다. 그 뒤로 몇 달 동안은 우울증에 시달리며 살다가 세월이 약이 되었는지 시간이 흐르면서 그 아픔을 이기기 위해 시를 배우러 나오게 되었다는 이야기다. 우린 모두 그 절절한 이야기에 감동했고 그 연세에 그런 애틋한 사랑을 할 수 있었는지 고개를 내두를 수 밖에 없었다.

해 질 무렵 집으로 돌아갈 시간이 되었다. 낮에 우리가 손수 뜯었던 채소를 모두 싸주셨다. 손수 가꾸신, 구하기 어려운 무공해 채소였다. 선생님은 굳이 따라 나오셔서 냉면 잘하는 집이 있으니 사주시겠다고 하는 바람에 용문사 입구에 있는 서정이라는 냉면집에 가서 시원하고 칼칼한 냉면 한 그릇까지 먹고 돌아왔다.

초대하신 분은 연세가 꽤 많으신데도 머리가 하얀 문학 소년이라고 자칭해서 이야기하신다. 건강이 안 좋은데도 시에 대한 열정은 대단 하셔서 그 아픔을 이겨 내며 등단하시고 이어서 시집을 내셨는데 지금은 두 번째 시집을 내려고 준비하고 계신다고 했다.

선생님댁은 원래 수지인데 몸이 건강치 못하여 일부러 이곳 용문에 다 집을 짓고 사모님과 숲속에서 친환경적인 생활을 하고 계신다. 공기 좋고 물 맑고 경치 좋은 이곳에서 무공해 채소와 화초를 가꾸면서 시 창작에 몰두하고 계시는 선생님의 의지가 대단하시다.

돌아오면서 같이 간 분은 너무 즐겁고 행복한 하루였다고 침이 마를 정도로 이야기하셨다. 나 또한 오랜만에 좋은 체험을 하였다. 선생님의 따뜻하고 세심한 배려와 일행 분의 감동적인 이야기를 들을 수 있어 멋진 하루였다. 그분의 건강이 하루빨리 좋아지기를, 그 숲속의 정기를 받아 빨리 완쾌하기를 비는 마음 간절하다.

우리 집을
찾아온
산딸기

　　우리 집 베란다 화분에는 몇 그루의 화초가 자라고 있다. 40년 가까이 우리 집을 지켜온 관음죽과 철쭉, 동백, 꽃석류, 살구나무, 천리향과 난이 몇 그루 자라고 있다.

　　천리향은 광양 매화 마을에 갔을 때 향기에 반해 조그만 나무를 두 그루 사다 심은 거고, 동백나무는 남도를 돌다 강진에서 사다 심은 것인데 몇 년 지나도록 꽃도 피지 않고 시들시들 죽으려고 하여 아파트 앞 화단에 옮겨 심었더니 다시 힘을 얻어 꽃을 피우고 잘 자라는 것을 보았다. 환경을 잘 바꿔주면 죽어가던 나무도 잘 살 수 있다는 것을 보여주었다.

　　살구나무는 살구를 먹다 나온 씨앗 몇 개를 화분에 심어두었더니 두 그루가 자라 잎만 무성하였다. 꽃도 피고 열매도 열리면 좋을 텐데 내버려 두어도 키만 쑥쑥 자랐다.

　　몇 년 전 화분에 물을 주다가 잡초가 자라고 있어 뽑다 보니 풀 속에 산딸기나무 한 그루가 모습을 드러내고 있었다. 너무 오랜만에 보는 나무라 반갑고 신기하여 다른 화분에 옮겨 심었다. 어디서 씨앗이 날아들었는지 알 수 없지만 우리집 베란다까지 찾아와 준 산딸기가 그저 신통방통하기만 했다.

이 야생 산딸기나무는 생명력이 강하여 겨울에 죽은 줄 알았는데 봄이 되면 새로운 싹이 터서 덩굴 가지를 무성히 뻗어나갔다. 살구나무처럼 베란다에서 자라 열매를 맺으리라고는 생각지도 않았다. 그냥 산딸기나무를 보면 고향 생각이 났고 친구들과 뛰놀던 어린 시절을 떠올리곤 했다.

어려서 우리 동네엔 산딸기나무가 들이나 산에 지천으로 깔려 있었다. 산딸기가 익을 때쯤이면 친구들과 산딸기 따 먹으러 산과 들을 돌아다니느라 해 지는 줄 몰랐다. 먹을 것이 궁했던 그 시절엔 풋보리 그을려서 먹고, 아카시아꽃 따 먹고, 목화밭에서 다래 따 먹고, 산딸기 따 먹으며 고픈 배를 불리곤 했다. 그렇게 즐겨 먹던 산딸기가 어쩌다가 이 아파트 우리 집까지 찾아왔는지는 알 수 없었지만 설마 그 나무가 산딸기 열매까지 보여 주리라고는 전혀 생각지 못했다.

딸기나무 덩굴에는 작은 가시가 있어 다른 나무를 타고 올라가는 게 불편해 보였지만 그 나무가 대여섯 살 되던 작년에 놀라운 일이 벌어졌다. 여섯 줄기로 뻗어나가던 가지마다 산딸기 열매가 대여섯 개씩 열려서 빨갛게 익어가고 있었다. 단연 우리 집 톱 뉴스감이 되었다. 나는 핸드폰에 익어가는 산딸기 모습을 몇 컷 찍어 저장해 두고 만나는 사람마다 자랑하기에 이르렀다. 사람들은 믿어지지 않는지 정말이냐고 고개를 갸우뚱했다. 나는 핸드폰에 찍힌 사진을 보여주며 틀림없는 사실임을 증명했다. 그때야 신기하다는 듯 고개를 끄덕이며 부러워했다. 바로 옆 동에 사는 손녀가 올 때마다 한두 개씩 따주며 먹어보라고 했다. 어린 손녀는 처음 보는 산딸기를 입안에 굴려보며 먹어보더니 맛있다고 더 달라고 해도 이건 한두 개만 먹는 거라고 더 이상 주지 않았다. 보는 재미를 며칠이라도 더 누리고 싶어서였다. 나도 한 개 따서 맛을 보니 옛날에 먹었던 바로 그 맛, 상큼하고 달콤한 맛이 입 안에서 감돌았다. 줄기가 뻗어나가는 것만 봐도 즐거웠는데 뜻밖에도 열매까지 선물해 주니 이게 꿈인지 고개를 내둘러보기도 했다. 어렸을 적 나를 잊지 않고 찾아와 준 고마운 산딸기, 말은 못 하지만 나에게 베풀어준 그 기특한 마음을 느낄 수 있었다.

빌딩 숲에서 자연의 혜택을 누리지 못하는 우리를 위해 크게 한몫을 한 산딸기 덕분에 작년 여름에는 유난히 더웠지만 산딸기로 인해 더위를 잊을 만큼 행복했던 것 같다. 집에 들어오면 제일 먼저 베란다에 나가 산딸기와 눈웃음을 주고받았다. 나만 좋은 게 아니라 남편이 더 좋아하여 날마다 산딸기나무를 들여다보고 한마디씩 칭찬의 말을 건네곤 했다. 온 가족이 기뻐하며 웃음꽃을 피우게 만든 산딸기나무는 지난겨울 혹독한 추위도 잘 견디고 지금은 파랗게 가지를 뻗어 올리며 생명에 박차를 가하고 있다. 올여름도 산딸기 열매를 볼 수 있을지 한껏 가슴이 기대로 부풀어 오고 있다.

꿈에 그리던
산 아랫마을

산이 좋아 산에서 사노라네~

이런 노래 부르며 산에서 사는 사람은 못 되더라도 산을 가까이 두고 산 아랫마을에서 사는 꿈을 꾸어본 적이 있다. 그 꿈이 현실이 될 줄은 나도 미처 몰랐다. 분당에서 25년을 눌러 앉아 살다가 심심하면 찾아 올라가는 남한산성 쪽에 백제시대의 옛 도성 이름을 딴 위례 신도시가 생긴다는 소식을 듣고 나는 바로 내가 꿈꾸던 기회가 드디어 왔다는 생각에 설레는 마음으로 분양 신청을 했다. 오래전부터 꿈꾸던 간절한 소망 탓이었는지 많은 경쟁자를 물리치고 3번 만에 당첨이 되었다. 25년 동안 살았던 분당 아파트를 팔고 이사하던 날, 집을 떠나오는데 너무 눈물이 났다. 그곳에서 두 딸을 키워 시집보냈고 우리 부부가 직장을 퇴직하고 살며 애환이 서렸던 곳이었기에 울컥 서운한 감정이 치솟았다.

이사 오던 날은 크리스마스를 며칠 앞둔 12월 20일이었다. 그날따

라 날씨가 봄날처럼 푸근하여 이사하기 딱 좋았다. 그토록 살고 싶어
하던 산 아랫마을로 오다니 꿈만 같았다. 산 아랫마을 풍경은 마침 눈
이 쌓여있는 스위스의 어느 산장처럼 조용하고 아름답기 그지없었다.
걸어서 5분 정도 거리에 남한산으로 올라가는 길이 창밖으로 환히 내
려다보였다. 밤이 되자 15층 아파트에서 내려다보이는 가로등 불빛과
바로 앞에 보이는 산봉우리들이 어울려 한 장의 크리스마스카드 같은
풍경이 펼쳐지고 있었다. 이건 하느님이 내게 주신 크리스마스 선물
이었다. 절로 감탄사가 튀어나왔다. 이사 온 첫날 밤은 어느 멋진 산장
의 숙소에 온 듯 흥분되고 설레는 마음으로 피곤도 잊어버리고 하룻
밤을 지새웠다. 밤에 거실에서 보면 달이 산 위에서 둥실 떠오른다. 한
동안 잊고 살았던 달을 가까이서 볼 수 있어서 산 아랫마을의 정취는
메마른 내 감성을 자극하기에 충분했다.

산 아랫마을 겨울 풍경은 그 해 겨우내 나를 행복하게 했다.

봄이 되면서 나는 일주일에 두세 번은 산에 오르기 시작한다. 아침
6시쯤 오르면 1시간 반에서 2시간가량 걷는다. 잘 닦아놓은 길을 따라
오르다 보면 샛길들이 이리저리 나 있다. 나는 그 오솔길을 따라 걷길
좋아한다. 웬만한 길은 다 익혀두었다. 사람들이 잘 다니지 않는 길인
데도 굳이 혼자서 다녀 보면 새로운 풍경과 길을 만날 수 있어 재미가
쏠쏠하다. 고적한 길을 혼자 걷노라면 복잡한 현실에서 멀리 떨어진
방랑객인 양 적막함과 쓸쓸함도 맛볼 수 있다.

5, 6월이 되면 산이 푸르러진다. 그때는 산행하기 좋은 계절이라 매일처럼 산에 올랐더니 무릎이 아팠다. 그 후론 일주일에 두세 번으로 줄이게 됐다. 나이에 알맞게 적당히 걸어야지 무리하면 오히려 해가 된다는 것도 경험했다. 저녁때가 되면 5월엔 우리 아파트까지 아카시아 향기가, 6월엔 밤꽃 향기가 실려 온다. 산의 싱그러운 기운이 마을까지 내려오기 때문이다. 산에 올라갔다 내려오면 내 온몸에서 풋풋한 산 냄새가 나는 것 같다. 그날은 몸이 경쾌하고 내가 더 젊어진 거 같다. 모임에 나가 난 오늘 아침 남한산성에 올라갔다 온 사람이라고 이야기하면 사람들이 놀란 듯이 쳐다보며 부러워한다. 이 또한 산 아랫마을 사람이기에 누릴 수 있는 행복이라고 스스로 자부해 본다.

산을 배경으로 자연환경이 좋고 정비가 잘 된 신도시, 그것도 역사의 자취가 곳곳에 남아있는 옛 도성인 남한산성 아랫마을에 터를 잡고 사는 나는 나이가 나이인 만큼 나 자신을 위해서라도 건강이 허락하는 한 꾸준히 산을 오르려고 생각한다.

내가 꿈꾸던 산 아랫마을은 서울에서 엎드리면 코 닿을 만큼 가까운 산, 자랑스러운 유네스코 세계문화유산으로 선정된 남한산성에 기대어 내 인생이 편안하게 저물어 가기를 바라본다.

기다리며
산다

늘 기다리며 산다.

기다림이 없다면 인생은 얼마나 삭막할까.

늘 꿈꾸며 기다렸기에 지금의 내가 있을 것이다.

어렸을 땐 명절을 많이 기다렸던 것 같다. 설날이나 추석이 돌아오
길 손꼽아 기다렸다. 새로 해준 한복을 입고 맛있는 음식과 과일 떡 식
혜… 이런 귀한 음식을 먹을 수 있고, 멀리 떠나 있던 가족도 만날 수
있고, 밤이면 동네 친구들이랑 강강술래하며 즐겁게 뛰어놀 수 있었
으니 말이다.

커가면서 기다림은 조금씩 변하면서 간절해지기 시작했다. 친구에
게 보낸 편지가 답장이 없을 때, 친척 집에 멀리 가신 엄마 아빠가 눈
이 많이 내려 길이 막혀 며칠 동안이나 돌아오지 않으셨을 때, 군대 간
오빠가 제대해 돌아올 날을 기다릴 때, 그 간절한 기다림을 참아가면

서 나는 점점 성장해갔으리라.

청소년이 되면서 기다림은 꿈이고 희망이 되어 갔다. 난 결코 기다림을 포기하지 않았다. 중학교 때는 학교 앞 책방에서 날마다 책 한 권씩 빌려다 보며 나도 모르게 작가가 되겠다는 꿈을 갖게 됐다. 처음으로 중2 때 소설을 쓰기 시작해서 중3 때 장편소설을 완성하여 힘겹게 쓴 1,500매의 원고지를 『학원사』 장편소설 모집에 응모하였다. 발표할 때까지의 기다림이란 초조와 설렘의 연속이었다. 물론 낙방하였지만 응모자 중 가장 어린 학생인 내 작품이 마지막까지 올라갔다는 것만으로도 나에겐 실망보다는 희망을 심어주었다.

난 꿈을 버리지 않고 고등학교 때 그 작품을 손보아 『소년 세계사』로 보냈다. 뽑아 주기를 간절히 바라며 기다리고 있을 때 잡지사로부터 소포가 왔다. 내 작품이 1년간 그 잡지에 연재되어 나온 것이다. 그 기쁨이란 나의 기다림에 대한 최상의 보상이었다. 그 작품의 제목은 「노을 진 언덕에 수평선은 멀다」였다. 제목처럼 주인공이 병들어 죽게 되는 슬픈 이야기였다. 독자들은 그 소녀를 제발 살려달라고 편지가 빗발쳤다. 그러나 비극으로 끝나야 셰익스피어 작품처럼 명작이 될 것이라 나는 믿고 있었다. 독자들의 편지가 수없이 날아들었던 기억이 바로 엊그제 같은데 까마득한 옛날이 되었다.

기다린다는 것은 그동안 노력한 것에 대한 성과를 바라는 것일 게다. 무작정 기다리는 게 아니라 나름대로 피나는 노력을 많이 한 결과를 바라는 것이다. 그래서 기다림은 가능성을 꿈꾸는 미래고 밝아오는 내일이다.

　세월이 지나다 보니 살아갈수록 기다리는 것도 많아지고 꿈도 부풀어 갔다. 나이 50이 되기 전 교직을 명퇴하고 지금껏 아이들 교육을 위해 살았으니 이젠 나를 위해 살아보자는 생각을 했다. 그동안 못했던 취미생활을 하고자 백화점에 있는 문화센터 시반에 들어가게 되었다. 열심히 노력한 결과 1년 만에 시로 등단하였고 등단한 지 1년 있다가 첫 시집을 내게 되었다. 그래도 만족하지 못하고 수필 반에 들어가 수필 공부도 하게 되었다.

　많이 부족했지만 수필로 등단하게 되기까지 내 마음속엔 늘 작가가 되고자 하는 갈망과 기다림이 차지하고 있었다. 그 기다림은 마침내 나를 시인과 수필가로 만들어 놓았다. 그보다 앞서 나는 고등학교 때 이미 소설이 잡지에 연재되었으니 작가가 되고자 하는 꿈은 진즉 이룬 셈이다.

　더 좋은 작품을 위해 열심히 쓰는 것은 아직도 남아있는 어려운 숙제이다. 앞으론 이 숙제를 성심껏 해나가는 일만 남았다. 꿈을 향해 끊임없이 도전하고 묵묵히 기다리면 뭔가 원하는 것이 이뤄진다는 것을 말하고 싶다. 설령 이루지 못할지라도 포기하지 않고 도전하고 기다리는 자세가 되어 있다면 그 삶은 기대해도 좋을 만큼 잘 풀리고 넉넉해질 것이다.

밤하늘
별이
되었니?

지금은 너 어디쯤에 있니?

이 세상 끝 가장자리에 꼭꼭 숨어 살고 있니?

지구를 떠나 먼 하늘의 별이 되었니?

전화 한 통이면 안방이 세계로 열려있는 세상에 입 꼭 다물고 눈 감고 있니?

지난 학창 시절 꿈은 망각 속에 묻어두고 현실에 직면하여 열심히 살아가고 있니?

난 아직도 널 찾고 있는데 넌 이 하늘 어느 아래에서 삶을 꾸려가고 있니?

지난여름 강원도 인제에 있는 점봉산을 찾았단다. 솔바람이 청정하게 머무는 곰배령에서 하룻밤을 묵었지. 그날 밤 무더운 여름인데도 그곳은 긴팔을 입어야 할 만큼 선선하더구나. 밤엔 온돌방에 불을 넣어줄 정도였단다. 공기가 너무 신선하여 친구들과 펜션 주변을 산책하는데 하늘에 별이 초롱초롱 마중을 나왔지 않겠니? 뚜렷하게 은하수까지 흐르고 있는 하늘을 보고 모두 감탄의 비명을 올렸지. 나는 그만 가슴이 와르르 무너질 것만 같아 한동안 목이 메어 오더구나. 얼마나 오랜만에 본 밤하늘의 별이더냐!

어렸을 적 시골에서 본 그 찬란한 밤하늘을 이곳 곰배령에 와서 찾지 않았겠니? 수많은 별 중에 제일 반짝이는 별 하나, 북극성을 찾아냈지. 그 별을 보는 순간 네가 떠오르더구나. 여고 시절 문학의 벗으로 점찍어 펜팔 친구가 되었던 너. 그러나 운명의 장난이었겠지. 네가 뜻하지 않은 불상사로 다리 하나를 못 쓰게 되었고 그 후부터 너는 나를 피하여 멀리 가버렸지.

찾아도 찾을 수 없고 불러도 대답이 없었으니 그때부터 넌 밤하늘의 별이 되었지. 난 밤마다 별을 보며 편지를 쓰고 네가 있는 양 이야기도 했어. 그 별이 바로 저 북극성이었단다. 밤마다 북극성은 그 자리에 다시 떠올라 변함없이 제자리를 지키는데 너는 정녕 어디로 가버린 것이니?

그 후 얼마나 많은 세월이 흘렀니?

세상은 얼마나 많이 변하였니?

우리의 머리카락이 희끗희끗해질 때까지 고달픈 삶을 살아오느라 얼굴엔 지긋한 인고의 세월을 새겨 왔지. 머잖아 해는 서산에 기웃거릴 텐데 마음은 허전하고 불안하구나. 저 밤하늘의 별이 되지 않았다면, 이 지구 어느 곳에 존재한다면 나 여기 살아 있다고 소식 좀 전해 주지 않겠니?

꿈같은 지난날을 옛이야기 하듯이 편안하게 할 수 있을 것 같다. 이젠 운명의 신도 더 이상 재를 뿌리진 않을 것이야. 오늘 밤도 밤하늘의 별을 찾아 공해 없는 강원도 흘리란 마을에 왔다.

행여 별이 되었다면 너를 찾으러.

내 눈은
가뭄이
들고 있다

　　말을 배우기 전 아기의 의사전달 방법은 아마 울음일 것이다. 아기가 울면 엄마는 젖을 기저귀를 갈아주고 안아 주고 얼러주기도 한다. 아기의 울음소리를 통해 엄마는 모든 것을 감지한다. 아기는 점점 커가면서 말이 통할 때도 자기의 요구사항을 제대로 들어 주지 않으면 울음으로 더 강력하게 밀고 나간다. 엄마는 하는 수 없이 그 울음 때문에 요구사항을 들어 주기도 한다. 이제 돌 지난 손녀는 잘 놀다가도 조금 맘에 안 들면 금방 울음을 터트린다. 어린아이는 말을 못 하기 때문에 저절로 눈물로 하소연하는 듯하다. 어린아이의 눈물은 이슬처럼 투명하여 여리게 보인다. 그 눈물이 엄마의 마음에 촉촉이 스며들어 눈물 앞에 당해낼 재간이 없을 것이다. 눈물이 톡톡히 한몫을 하고 있는 것이다.

　　내가 어렸을 때만 해도 눈물을 곧잘 흘렸다. 우리 집에 자주 다니는 그 아주머니가 생각난다. 내가 다섯 살 때쯤이었을까 하루는 우리 집에 오셔서 혼자 놀고 있는 나를 슬슬 건들며 넌 고막원 돌다리서 주워 왔는데 네 엄마한테 데려다줄 테니 가자고 내 손목을 잡고 밖으로 나갔다. 나는 엉엉 울며 고갯길까지 따라갔다. 그때 저 아랫동네서 기적소리를 울리며 기차가 지나가고 있었다. '아이고, 기차가 떠나서 오늘은 못 가겠구나' 하면서 아주머니는 나를 다시 집으로 데리고 왔다. 얼마나 슬피 울었는지 그때 그 기차를 떠올리면 지금도 금방 눈물이 나올 것 같다. 가만히 생각해 보면 참 재미있는 아주머니였다. 우는 내 모습이 그렇게 보고 싶었을까, 나를 왜 그렇게 놀려주고 싶었을까, 지금도 궁금하지만 자식 없이 혼자 사는 그 아주머니는 어린아이의 천진한 눈물이 무척 보고 싶었겠구나 하는 생각도 든다.

눈물은 자연스러운 감정 순화제이다. 아프거나 슬프거나 감동했을 때 눈물은 저절로 흘러내린다. 아무리 참으려 해도 참을 수 없는 것이 눈물이다. 눈물이 많던 젊은 시절엔 말로 다 하지 못하고 눈물로 배출하기도 했다. 그것도 남들이 보지 않는 곳에서 실컷 울고 나면 가슴속 응어리진 마음이 조금은 풀려 속이 후련하기도 했다. 그래서 눈물은 내 마음을 다스리는 처방약이다. 사람이 살아가는 데는 눈물이 꼭 필요하다는 것을 이제는 알게 되었다.

눈물은 우리 마음을 원래 제자리로 돌려주는 구실도 한다. 설령 나쁜 일을 저질렀을 때 그 잘못을 뉘우쳐 눈물을 흘린다면 그는 원래의 자기 모습을 되찾게 된다. 그만큼 눈물은 거짓 없이 진실하게 자신을 일깨워 준다. 부모님이 돌아가셨을 때 하늘이 무너지듯 쏟아지던 눈물, 그 눈물이 아니었으면 내가 어찌 그 슬픔을 견디어냈을까. 눈물이 나를 다독여주고 잠재워줬던 적이 어디 한두 번이었던가. 그러고 보면 나는 눈물 덕을 톡톡히 본 것 같다.

그렇게 흔하던 눈물이 요즈음은 어지간해서는 나오지 않는다. 영화나 연극을 보다가 감동을 받거나 책을 읽다가 눈물을 적신 적은 있지만 일상생활에서는 별로 눈물 흘릴 일이 없으니 그만큼 감정이 메말랐다고 해도 과언은 아니다.

나이를 먹으면서 눈물이 잘 나지 않는 것은 생리적인 현상일까. 그것도 아닐 성싶다. 얼마 전 90 넘은 할아버지가 이산가족을 만났을 때 주름살을 타고 흘러내리던 눈물을 본 적이 있다. 감동을 받으면 깊이 고여있던 눈물이 옹달샘처럼 솟아나기 마련이다. 생사고락을 같이하면서 눈 감는 그 순간까지 사람을 지탱해주는 것 또한 눈물이다.

지난번 어느 자리에서 들었던 선배님 이야기가 생각난다. 눈이 마르고 칙칙하여 안과에 갔더니 의사 선생님이 '눈물이 말라서 그러니 눈물이나 타 가지고 가세요.' 하더란다.

눈이 소중한 만큼 눈물 또한 소중하단 것을 말하고 싶다. 그 흔하던 눈물이 지금은 잘 나오지 않는 걸 보면 나도 안과에 가서 눈물을 타 가지고 와야 할 나이가 되었나 보다. 어느새 내 감정은 흉년이 들고 내 눈은 가뭄이 들고 있나 보다. 그 흉년과 가뭄을 예방하기 위해서 나는 오늘도 문화센터로 향한다.

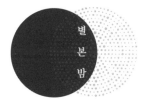

별
본
밤

가을입니다. 온 산야가 울긋불긋 옷을 바꿔 입습니다. 여름날의 뜨
거운 고통과 몇 차례 휩쓸고 간 태풍과 한꺼번에 퍼붓던 폭우를
감내하며 기다려온 보람의 대가입니다.
- 「은행나무 숲을 찾아」 중에서

2부

은행나무
숲을 찾아

봄날은
간다

봄날은 가고 있다. 붙잡으려 하면 더 빨리 달아나는 세월 앞에 우리는 속수무책이다. 그냥 달아나면 좋으련만 흘러간 세월만큼 우리 얼굴에도 주름의 흔적을 남겨놓고 간다. 나무에만 나이테가 있는 게 아니라 우리에게도 나이테를 남겨놓고 가는 것이 세월이다.

20~30대는 세월이 흐른다는 의식조차 못하고 젊음이 마냥 영원할 것처럼 의기양양하게 살았다. 40~50대는 직장에 매달리고 자식들 뒷바라지하느라 다른 데 눈뜰 여가 없이 바쁘게 살다 보니 세월의 흐름을 느낄 틈도 없이 인생의 중반을 질주해왔다. 60대가 되고 보니 내 몸을 너무 혹사시켰는지 여기저기 고장이 나기 시작하고 병원 드나드는 일이 많아지게 되었다.

날마다 몇 개의 약 알을 삼키며 지금껏 정신없이 살아온 내 삶을 되돌아보게 된다. 좀 더 여유를 가지고, 나만 살려고 버둥거릴 게 아니라 주위도 좀 둘러보고 어려운 이웃도 도와가며 살아왔다면 얼마나 좋았을까. 건강도 챙기고 취미생활도 하면서 좀 더 튼실하고 재능 있게 나를 가꾸어 놓았더라면 하는 후회를 하게 된다.

다시 세월을 거슬러 올라갈 수 있다면 좋으련만 이젠 아무도 그럴수는 없는 일, 우리는 이미 중년의 수렁에 빠져 허우적대고 있지 않는가. 내 인생의 봄날은 훌쩍 멀어져 가고 나는 이제 가을의 끝자락에서 희끗한 머리카락을 휘날리고 있다. 그래서일까 몇 년 전부터 〈봄날은 간다〉라는 노래가 가슴에 와닿기 시작했다. 참 오래된 노래다. 내가 어렸을 적 우리 부모님이 즐겨 부르던 노래라 귀에 많이 익었지만 50대까지는 그런 노래를 들어본 적도 없고 불러본 적도 없었다. 그만큼 바쁘게 정신없이 살았다는 이야기다.

요즘 시대의 흐름 탓인지 흘러간 노래를 새롭게 리메이크해서 부르게 되고 우리가 젊어서 즐겨 부르던 통기타 노래의 붐이 일게 되어선지 여기저기서 〈봄날은 간다〉 노래가 심심찮게 흘러나온다. 그 옛날엔 백설희 선생님이 불렀던 노래이지만 지금은 여러 가수가 번갈아가며 부르는 애창곡이 되었다. 장사익, 한영애, 조용필, 이석훈 등 많은 가수가 〈봄날은 간다〉 노래를 불러 우리 마음을 적셔 주고 있다.

몇 년 전 〈직녀에게〉의 작곡자이자 가수인 내 동생 박문옥의 30주년 기념 콘서트가 5개 도시 순회공연으로 서울에서 열렸을 때 초청 가수로 장사익 선생이 출연하여 부른 노래가 바로 〈봄날은 간다〉였다. 그 노래는 우리 모두의 심금을 울리며 아름답고 애절하게 우리 가슴을 파고들었다. 그때 장사익 선생은 즐겨 입으시던 한복 차림이 아닌 평상복이었다. 동생이 그 연유를 물은즉 오늘의 주인공은 내가 아니고 자네인데 내가 돋보이면 안 된다고 일부러 이렇게 왔노라고 하셨다는 이야기를 나중에 듣게 되었다. 가히 그분의 인격을 짐작하고도 남았다.

오로지 노래 속으로 빠져들게 하는 그분의 음악 경지는 날아가는 듯 춤추는 듯 온몸을 다해 열정적으로 부르기 때문에 듣는 그 누구라도 그 음악 속으로 몰입하지 않을 수 없게 만든다. 노래가 끝나면 청중의 환호와 갈채는 한동안 그 자리가 떠나갈 듯 계속된다. 나는 그분의 노래를 들으며 정말 봄날은 왔다가 멀리멀리 사라지고 있는 것인지, 숨이 멎을 것 같은 절박감이 밀려오다가 아련한 향수를 불러오기도 하였다. 우리 가요 중에 작곡으로도 1위, 가사로도 1위에 뽑혔다는 것만 보더라도 위대한 명곡 중의 명곡이라 아니 할 수 없다.

연분홍 치마가 봄바람에 휘날리더라/ 오늘도 옷고름 씹어가며 산 제비 넘나드는 성황당 길에/ 꽃이 피면 같이 웃고 꽃이 지면 같이 울던/ 알뜰한 그 맹세에 봄날은 간다.

새파란 풀잎이 물에 떠서 흘러가더라/ 오늘도 꽃 편지 내던지며/ 청노새 짤랑대는 역마차 길에/ 별이 뜨면 같이 웃고 별이 지면 서로 울던/ 실없는 그 기약에 봄날은 간다.

곡도 절절하지만 가사 또한 절절히 녹아드는 아픔을 지니고 있다.

그런 노래이기에 절창 가수 장사익이 부르면서 시공을 초월하여 현재의 노래로 각광받는 애창곡이 되었다.

지난 번 TV에서 70이 넘은 어느 노부부는 자기는 '봄날은 간다'가 아니라 '봄날은 온다'고 노래 부른다고 했다. '봄날은 간다'는 너무 고적하고 애달프지만 '봄날은 온다'는 기쁨과 희망을 가져오기 때문이라고 했다. 두 부부가 서로를 끔찍이 아끼고 사랑해 주니 봄날이 가는 것을 믿고 싶지 않았을 것이다. 두 손을 꼭 잡고 산책길에 나선 두 부부의 모습은 정말 행복해 보였다.

그렇게 해서 봄날이 오는 것이라면 얼마나 기쁠까. 우리는 봄날이 가는 것을 순간순간 느끼며 살고 있지만 노래를 부를 때라도 봄날이 온다고 노래한다면 부르는 순간만이라도 더 활기차고 행복해지지 않을까. 그 노래를 듣는 젊은 세대에게도 맥 빠진 처량한 모습이 아니라 희망과 기대를 심어주는 좋은 계기가 되지 않을까.

이젠 노래방에 가서 노래 부를 일이 있다면 '봄날은 간다'를 슬쩍 '봄날은 온다'로 바꿔 불러도 누가 나무랄 사람은 없을 것이다. 봄날은 가더라도 봄날은 온다고 믿으면서 사는 날까지 희망을 갖고 하고 싶은 일 다 하면서 즐겁고 행복하게 살고 싶은 게 나의 소박한 욕심이다.

별 본 밤

　참 답답한 나날이다. 언제쯤 이 지겨운 코로나는 끝이 날 것인지 알 수 없는 일이다. 모임도 못 가고 강의도 못 나가고 여행도 맘대로 못 가니 집에 머무르는 시간이 많아질 수밖에 없다. 그래도 하루에 한 번쯤은 동네 한 바퀴 산책이라도 나가고 가끔은 산에도 오를 수 있어 그나마 숨통을 트고 있다.

　저녁 설거지를 끝내고 있는데 전화벨이 울린다. 우리 아파트 이웃에 사는 후배한테서 온 전화다. 저녁 산책 가자는 거였다. 밤 8시가 넘은 늦은 시간이었지만 시원해서 좋겠다고 우리 집 앞에서 만나자고 했다. 막 엘리베이터를 탔는데 누가 "오랜만이네요." 하고 반갑게 인사를 한다. 지난 4월엔가 우리 동네 뒷산에 쑥 뜯으러 올라갔다가 만나서 같이 쑥도 뜯고 개망초도 뜯으면서 이런저런 이야기를 나누다 보니 바로 우리 아파트 같은 라인에 살고 있음을 알게 되었다.

　그이는 혼자서 자주 산에 온다고 했다. 여기저기 산길을 훤히 알고 있었다. 나도 그렇다고 남들이 잘 안 가는 길도 꼭 가보는 재미가 쏠쏠하다고 맞장구를 쳤다. 뭔가 소통이 잘 될 것 같았다. "이런 우연도 있네요. 종종 만나게 되겠지요." 하면서 같은 엘리베이터 안에서 헤어진지 몇 개월이 지났는데 오늘에야 우연히 보게 된 것이다. 쓰레기를 버리고 산책 나가려고 한다고 무척 반가워한다. 나 역시 후배랑 산책 나가는 중이라고 같이 가자고 했다.

생각지도 않던 한 사람을 만나 이렇게 셋이서 탄천 쪽으로 걷게 되었다. 후배도 같이 온 그이랑 터놓고 이야기를 재미있게 쏟아낸다. 20여 년 전 문학의 모임에서 만난 후배는 지금껏 가끔 만나며 친분을 이어왔기에 서로를 잘 알고 있는 동생 같은 후배이다. 분위기가 어색하지 않고 자연스럽게 재미있는 이야기를 이어 간다. 탄천에 어리는 아파트의 불빛은 아름답고 우리의 발걸음은 탄천을 돌아 나와 후배가 사는 아파트의 공원까지 왔다.

더위도 한풀 꺾여 산들산들 바람결이 청량하다. 남한산성 바로 아래라서 그런지 밤공기가 향긋한 풀냄새를 실어 온다. 후배는 따라오라며 아파트와 산이 마주치는 끝자락에 넓은 공간이 있는 곳으로 가더니 하늘을 올려다보라 한다. 여기서 보면 밤하늘에 별이 보인다고. 한참 올려다보니 구름 사이를 뚫고 하나둘 별이 보이기 시작한다. 이곳으로 이사 온 지 4년이 지나서야 처음으로 별을 본 것이다. 우리 아파트에서도 별을 보려고 밤중에 창밖으로 몇 번이나 별을 찾아보곤 했는데 한 번도 본 적이 없었다. 새로 온 친구도 별이 보인다고 너무 좋아했다. 우리 셋은 뭔가 알 수 없는 감정이 통하고 있다는 생각이 들었다. 조금만 밤늦게 이곳으로 오면 이렇게 별을 볼 수 있다니 우린 너무 행복했다. 누군가 별을 보러 가자고 했다. 강원도 어딘가 별 보는 곳이 있다고 후배가 말하자 "그래, 가요." 모두가 합창하듯이 말했다. 우린 잠시 벤치 있는 곳으로 가 앉아서 이야기를 나누었다. 후배가 갑자기 생각이 났다고 정현종의 시 「방문객」을 핸드폰에서 찾아 낭송을 멋지게 한다. 내가 가만히 같이 온 그이한테 "이 친구 시인이에요." 했다. 그러자 후배도 나를 가리키며 "이분은 시인이기도 하고 수필가예요." 했다. 그러자 같이 온 그이도 "어머나, 저도 시를 쓰고 있는데~" 하며 말을 잇지 못한다.

아니, 이럴 수가! 처음 만났지만 오래 사귄 사람들처럼 어쩐지 낯설지 않고 자연스러웠던 게 세 사람 모두 시인이었기 때문이라는 것을 알게 되었다. 그이는 작년에 등단해서 열심히 시를 쓰는 중이라고 했다. 후배는 50대 그이는 60대 나는 70대이지만 나이가 무슨 대수인가. 나이의 괘념도 없이 시를 쓰는 우리는 여린 감성의 소유자라는 것을 모두 알게 되었다.

밤이 깊어 가는 줄도 모르고 이야기를 나누다 일어났다. 앞으로 종종 만나 산책도 하고 가을쯤 강원도 횡성에 별 보러 가자고 약속까지 하고 아쉬운 발길을 돌렸다. 오랜 만남처럼 세 사람은 밤하늘 별을 보고 가슴에 시심을 가득 채워 가지고 온 낭만적인 밤이었다.

은행나무
숲을
찾아

가을입니다. 온 산야가 울긋불긋 옷을 바꿔 입습니다. 여름날의 뜨거운 고통과 몇 차례 휩쓸고 간 태풍과 한꺼번에 퍼붓던 폭우를 감내하며 기다려온 보람의 대가입니다.

이맘때면 너도나도 때가 되었다는 듯 집을 나섭니다. 자연이 부르는 소리를 듣고 가만 앉아 있을 수는 없습니다. 누렇게 익어 가는 들판이 풍요롭게 펼쳐지고 있습니다. 붉게 물들 채비를 하는 산은 한껏 아름다운 자태를 드러냅니다. 스쳐가는 산들바람이 감미롭게 속삭입니다. 올가을은 단풍이 너무 예쁠 거라고요. 4계절을 뚜렷이 자랑하는 우리나라만큼 복받은 나라도 없을 것 같습니다.

인제를 지나 내린천을 끼고 최고의 운치를 자랑하는 드라이브 코스를 굽이굽이 달립니다. 찌뿌듯했던 머리가 상쾌해지고 더위로 찌들었던 마음이 행복한 에너지로 무한정 충전됩니다. 오늘 찾아가는 곳은 홍천 달둔이라는 마을의 은행나무숲입니다.

산 굽이굽이 돌아 계곡을 흘러내리는 물소리를 들으며 가는 이런 오붓한 길이 있으리라곤 상상도 못했습니다. 스쳐가는 크고 작은 명산들이 노르웨이에서 보았던 그 산줄기를 연상시킵니다. 단풍이 한창 산 아래로 내려오는 게 역력합니다. 간혹 산 아래 작은 마을들을 지나고 누렇게 익어가는 수수밭, 콩밭을 지나 마침내 다다른 곳은 산골 중의 산골에 자리 잡은 은행나무숲입니다. 노랗게 물들어가는 은행나무가 무려 2,000그루나 심어져 있다니 입이 쩍 벌어졌습니다.

이 은행나무숲은 개인 농장으로 25년 전에 만들어졌다고 합니다. 5년 자란 은행나무를 심었으니 이곳 은행나무들은 30살을 먹은 셈입니다. 가로수로 심어진 은행나무만 보다가 줄 맞춰 빼곡히 들어선 노란 숲을 보니 이상한 나라에 온 듯 무아지경에 빠질 것 같습니다.

은행이 열린 나무는 빨간 띠를 두르고 있습니다. 아직 많이 열리진 않았지만 세월이 흐를수록 많은 은행을 수확할 수 있을 거라 생각하니 엄청난 미래를 내다보는 것 같습니다. 백 년만 지난다 해도 대대손손 큰 대물림이 될 것 같습니다.

주인 어르신은 오늘도 은행나무를 돌보느라 여념이 없습니다. 이곳에 오게 된 동기는 부인이 많이 아파서 공기 좋은 이곳에 터를 다지게 되었다는 겁니다. 그 덕분에 지금은 부인도 건강하게 잘 있다고 합니다.

이 은행나무숲은 해마다 10월에 20일 정도만 개방한다고 하니 우리가 때를 맞춰 잘 찾아온 것입니다. 숲 앞으론 계곡물이 철철 흘러내리고 하늘은 맑고, 공기는 너무 청정하여 공해를 찾아볼 수 없는 곳이 바로 이곳이라는 걸 알았습니다. 높은 산들로 둘러싸인 이곳 은행나무숲에서 실컷 맑은 공기를 들이켜고 짙푸른 하늘을 원 없이 우러러보니 공해로 오염된 온몸이 절로 치유되는 느낌입니다.

낙엽이 다 져버린 겨울은 아주 쓸쓸하고 적막하겠지요. 눈이 쌓이면 그야말로 적막강산이 될 것 같습니다. 자주 올 수는 없는 곳이지만 꼭 한 번쯤은 다시 오고 싶은 곳으로 점찍어두고 아쉬운 발길을 돌립니다.

인생은 왕복표를
발행하지 않는다

우린 어디를 향해 줄곧 달려가고 있을까. 하루하루 지나고 나면 쌓이는 세월의 흔적을 느낄 새도 없이 백발성성해 가고 있음을 보고 어느 날 갑자기 의문표 하나를 찍는다. 사람들은 천년만년 살듯이 생존 경쟁의 틈바구니에서 삶의 끄나풀 하나씩 낚아채려고 뜀박질하고 있다.

생각해 보면 우리 살날이 얼마 남지 않았을 텐데 언제 끝날지도 모르는 길을 무턱대고 걸어가고 있다. 로맹 롤랑은 '인생은 왕복 표를 발행하지 않기 때문에 한번 출발하면 돌아올 수 없다.'라고 했다. 우리 인생은 머잖아 도착지가 가까워 오고 있다. 다시 출발점으로 되돌아가고 싶어도 갈 수 없는 길, 그 길이 바로 인생길이다.

작년에 고등학교 동창인 남자 친구 하나가 훌쩍 세상을 떠났다. 학교 다닐 때 같은 문예반이어서 글을 잘 쓴다는 것은 알고 있었지만, 4년 전 『현대수필』에 작품이 실려 등단하게 된 것을 보고 깜짝 놀란 적이 있었다. 그는 대학교 국문학과 교수로 재직하고 있었기에 다른 친구들이 부러워할 만큼 갖출 건 다 갖춘 듬직한 친구였다. 독실한 가톨릭 신자에다 술과 담배는 전혀 모르고 사는 모범 친구였다. 그런 친구에게 암이라는 무서운 독이 온몸에 퍼져 병원에서도 더 이상 손볼 수 없게 되어 집으로 돌아와 마지막 눈을 감았다고 한다. 그렇게 앞만 보며 자기가 하고자 하는 일에 최선을 다하며 열심히 살아온 친구였기에 그의 죽음 앞에 우리는 할 말을 잃고 눈물을 삼켜야 했다.

나는 친구들과 장례식장에 가서 마지막 그의 모습을 사진으로 보고 왔다. 환히 웃고 있는 모습이 금방 우리들의 이름을 부를 것처럼 살아서 걸어 나올 것만 같았다. 그러나 어쩌랴. 하느님은 저런 좋은 친구가 필요해서 미리 데려가신 것이다. 부디 영혼이라도 편안히 영생을 누리기를 기도하고 왔다.

이렇게 덧없이 떠나는 친구나 동료들을 보면 우리도 곧 떠나야 할 시간이 가까워 오고 있음을 느낀다. 지금 우리가 할 일이 무엇인지 생각하지 않을 수 없다. 한순간이라도 헛되지 않게 시간을 아끼고, 그동안 소홀히 했던 일들을 찾아서 빈틈없이 해야겠다는 생각을 하게 된다. 살아 있을 때 만나고 싶은 사람, 보고 싶은 사람도 꼭 만나고, 나만 위해 살기 보다는 남을 위해 무엇을 할 것인가를 생각해 보아야 한다.

이젠 욕심을 비워 마음을 청정히 하고, 조그만 일이라도 좋은 일만 찾아서 한다면 언제 떠난다 해도 후회 없는 인생을 살았다 할 것이다. 살아서 부귀영화를 다 누리고 금은보화를 산더미처럼 쌓아놓았다 하더라도 죽으면 무슨 소용이 있겠는가. 선행을 많이 쌓은 사람은 죽어서도 후세 사람들이 길이 칭송하지만 물질은 단돈 한 푼이라도 가지고 갈 수 없는 것이 자명한 일이다. 더 이상 탐욕을 버리고 자기가 하고자 하는 일에 매달려 빛나는 업적을 남기고 가는 게 자식들에게도 좋은 본보기가 될 것이다.

얼마 전에 우리 『현대수필』 회원이었던 성남길 선생님께서 훌쩍 마지막 가야 할 길을 떠나셨다. 차분하고 성실하게 살고 계신다고 생각했는데 갑자기 암이란 진단을 받고, 그래도 자연 치유하기 위해 애를 쓰셨다. 한동안 좋아지셨다고 일부러 나오셔서 분당수필 회원들과 얼굴을 뵌 적이 있었는데 어찌할 수 없는 운명 앞에 기어이 눈을 감아야 하셨다. 『현대수필』로 등단하신 지 2년이 채 안 되셨는데 너무 허무하다는 생각이 든다. 장례식장에서 뵌 사모님과 하나뿐인 따님의 애통해 하는 모습이 아직 눈에 선하다.

우리 곁에 있던 분들이 이렇게 하나둘씩 떠나가고 있음이니 이 일이 남의 일이 아닌 나에게 닥칠 일이다. 아무도 비껴갈 수 없는 일이기에 우린 항상 마음의 준비를 해야 할 듯싶다. 다시 되돌아올 수 없는 그 길, 한순간 한순간을 그냥 놓치지 말고 조심조심 내디디며 마지막 그날까지 최선을 다해 살다 가야지 않겠는가. 어차피 인생은 왕복 표를 발행하지 않으니까.

길
떠나는
이유

여행은 떠남이다. 집을 떠나고 나와 연관된 모든 것으로부터 탈출하는 것이다.

마음이 답답하고 우울할 때 멀리 떠나고 싶은 것은 그 때문이다.

떠나기 전부터 마음은 그곳에 닿아 있다.

여행은 버림이다. 되풀이되던 일상을 떠나 모든 잡다한 것들을 버려야만 떠날 수 있기 때문이다. 버리고 홀가분히 떠나야만 새로운 것을 가득 채워올 수 있다.

비움이 곧 채움이다.

여행은 자신을 찾는 길이다. 내가 살아왔던 지난날을 돌이켜 보고 앞으로 어떻게 살아야 할지 방향을 제시해 주기도 한다. 나를 잃어버리고 살아왔다면 나를 찾는 계기가 될 수도 있다. 산티아고를 한 달 내내 걸어 여행하는 그들이 끝내는 자기를 되찾아 다시 돌아오는 것처럼.

여행은 꿈이다. 그리던 곳으로 갈 수 있다는 것만으로도 행복하다. 떠날 때 우리의 마음은 풍선처럼 부풀어 하늘을 오른다. 미지의 곳으로 혹은 오래전 갔던 기억을 더듬어 배낭을 짊어지는 그 순간 나는 어제의 내가 아닌 내일의 내가 되어 있다. 지금껏 축적되어 왔던 마음의 찌꺼기를 한순간 날려버리고 발걸음도 가볍게 꿈길을 가듯 여행을 떠나라. 나는 오늘도 목마른 갈증을 축이기 위해 그쪽으로 길을 열어놓고 있다.

가을에
나는
서 있다

옷깃을 여미는 계절이다. 산과 들에 가을빛이 완연하다. 들판에 서면 알알이 익어가는 과일과 곡식들의 냄새에 코가 벌름거린다. 사계절을 느낄 수 있는 우리나라에 태어났음이 무엇보다 자랑스럽다.

봄은 약동하는 계절임을 보여준다. 얼어붙었던 땅이 녹으며 겨우내 숨어 있던 씨앗들이 새 움을 트기 시작한다. 누구보다도 꽃들이 제일 먼저 봄을 알린다. 얼음 속을 헤치고 복수초가 피어나는 것을 보면 자연의 신비한 이치가 오묘하기만 하다. 우리의 마음도 설레며 봄 꿈을 꾸기 시작한다. 조그만 벌레와 곤충들도 겨울잠에서 깨어난다. 개구리가 알을 낳고 뻐꾸기가 봄을 알린다.

농부들은 씨앗을 뿌리고 들판은 푸르름으로 일렁이기 시작한다. 여름이 어느새 다가온 것이다. 신록이 온 세상을 푸르게 일으켜 세우며 태양은 산천초목을 성장시키느라 땡볕을 발산하게 된다. 사람들은 더위를 피해 산과 바다로 휴가를 떠나기도 하며 한여름의 꿈은 무르익는다.

땀방울이 걷힐 무렵 어느새 가을이란다. 나무 잎새 저버린 숲으로 가자고 구르몽Gourmont이 읊조리지 않을 수 없었던 계절이다. 푸르던 나뭇잎들이 누렇기도 전에 낙하하기 시작한다. 낙엽이 쌓인 길을 걸으며 어찌 마음이 쓸쓸하지 않으랴…. 너는 듣느냐 낙엽 밟는 발자국 소리를…. 구르몽은 자꾸 내 귓가에 노래한다. 바바리를 걸치고 머플러를 휘날리며 마냥 길을 걷고 싶은 계절 속에 서 있다.

눈물이 난다. 모두 떠나고 없는 듯 외롭다. 아무도 알지 못하는 먼 나라로 내 마음은 떠난다. 마지막 남은 나뭇잎처럼 춥고 삭막하다. 나를 사랑하고 미워하던 사람들도 모두 멀리 떠난 것 같다. 이 좋은 계절 너무 깊이 빠져들면 헤어나기 어렵다. 스스로 빠져나올 구멍을 찾아야 한다.

도서관을 찾기도 하고 영화관이나 아트홀에서 콘서트나 뮤지컬을 찾아 마음의 풍요를 누려야 한다. 높고 푸른 하늘, 알알이 익어가는 들판, 오색으로 물들어가는 단풍 구경을 떠나노라면 감상에 빠진 마음은 곧 치유될 것이다.

가족이나 친구들과 여행을 꿈꾼다. 마음의 외로움이 틈을 잡지 않게 웃고 떠들며 나를 일으켜 세운다. 익어가는 곡식과 열매를 거두며 겨울을 준비해야 한다. 동물들도 겨울을 준비하느라 먹이를 부지런히 나르고 있다. 그들을 본받고 자연에게 감사의 마음을 가져야 할 때다.

겨울을 건강히 나기 위해 몸을 단련시켜야 하고, 건강검진도 해야 하고, 올해 못다 한 일들을 빨리 마무리해야 한다. 어느새 다가올 겨울을 위해 몸과 마음의 준비를 단단히 해야 한다. 한갓 작은 풀씨도 봄을 위해 겨울을 참고 있듯이 약동하는 봄을 위해 동물들이 겨울잠을 자듯 우리의 몸과 마음을 충전하는 계절이다. 눈발이 휘날리며 괜스레 산야를 덮겠는가. 우리의 마음까지도 하얗게 비우라는 것일 게다. 혹독한 추위를 잘 이겨내면 봄의 입김이 우리의 몸과 마음을 따스히 녹여 줄 것을 믿기에.

이렇게 사계절을 지닌 이 땅에 태어남이 행복하다. 계절마다 옷을 바꿔 입고 철마다 변하는 풍경과 계절에 어울리는 먹거리와 자연에 순응하는 마음을 갖게 하는 사계절의 유산을 물려받은 우리는 충분히 마음의 부자요, 자연의 축복을 듬뿍 받았음에 틀림없다. 힘들고 어렵지만 참고 이겨내면 기쁨의 날들이 온다. 마음을 풍요롭게 누리면서 좀 더 따뜻하게 배려하며 살아야겠다고 마음을 다짐해 보는 계절, 넉넉한 가을에 나는 서 있다.

가을은
남자의
계절인가

가을은 쇠락의 계절이다. 여름 동안 태양의 에너지를 담뿍 저장한 식물들은 열매를 맺고 곧 시들어 가고 겨울잠을 자기 위해 조용히 휴식기에 들어가기도 한다. 어쩔 수 없는 자연의 순리다.

사람도 계절을 탄다. 그 숨 막히던 무더위도 잘 견디더니 가을이 되면 이유 없이 허전하고 쓸쓸해진다. 검푸르던 나뭇잎들이 퇴색해간다. 마치 노년기에 접어든 사람들의 검은 머리가 허옇게 바래 가듯이 누룻누룻 변색해 가는 나뭇잎들을 바라보며 너도 곧 낙하하겠구나, 나도 머잖아 네 모습이 되겠지- 불현듯 스쳐가는 생각들이 더욱 허허롭다.

언제부터인지 나는 가을을 좋아했다. 가을은 천고마비의 계절이라고 할 만큼 하늘은 높고 오곡백과는 익어가는 풍요로운 계절의 변화에 새로운 삶의 활력을 찾곤 했다. 그때만 해도 몸과 마음이 젊었을 때인 것 같다.

지금은 어떤가. 한 잎 두 잎 지는 나뭇잎만 바라보아도 가슴이 텅 빈

듯 쓸쓸하다. 가을이라는 병에라도 걸린 것처럼 가슴이 아려오고 영혼이 침잠해가는 듯 고독에 빠진다. 이렇게 유독 나만 가을을 타는 줄 알았다.

그 남자는 생활의 잣대가 똑바르고 빈틈없는 사람이었다. 지금껏 살아오면서 아내와 자식을 누구보다도 아끼고 보살펴주는 자상함까지도 남들이 부러워했다. 퇴직하고 집에 눌러 앉은 지 몇 개월 되지 않았지만 그 무더운 여름에도 열심히 운동하러 나가고 지인들과 만남도 많아서 아무런 문제 없이 잘 지내는 줄 알았다.

그런데 선들선들해진 가을이 되면서 말도 별로 없이 축 처져있는 모습이 왠지 쓸쓸하고 처량해 보였다. 어느 날 아침에 볼일이 있어 잠깐 나갔다 들어오니 남편이 없었다. 말없이 나갈 사람이 아닌데 하고 전화를 해도 받지 않았다. 모임이 있어 나갔으면 곧 돌아오겠지 생각하고 오후쯤 전화를 하니 이젠 아예 꺼져있었다. 배터리가 다 되었나 하면서도 이건 아닌데 하는 생각이 갑자기 들었다.

밤이 되자 초조해지기 시작했다. 요즘 하도 사건 사고가 많은지라 별생각이 다 들었다. 그제야 먼저 큰딸에게 알리고 여기저기 알 만한 사람들한테 전화를 해보았다. 다들 연락이 없었다고 했다. 마지막으로 광주 큰집에 전화를 했더니 큰 시숙님이 부모님 산소에 벌초하러 가셨는데 산소에 왔더라는 것이다. 끝나고 큰집에 잠깐 들렀다가 서울에 간다며 바로 나갔다고 했다. 시간으로 따져보면 올 시간이 넘었는데 감감무소식이니 더 기다려 볼 수밖에 없었다. 일단 안심은 되었지만 무슨 맘으로 혼자서 산소를 갔는지 왜 전화 통화가 안 되는지 걱정만 쌓여갔다.

혼자 애타하는 내가 안 되었는지 가까이 사는 큰사위가 와서 같이 기다렸지만 새벽 2시 반이 넘도록 오지 않았다. 끝까지 기다리겠다는 사위를 억지로 보내고 나도 잠자리에 들었으나 잠이 올 리 없었다. 아직 그런 적이 없는 사람이 나이가 드니까 이렇게 심각하게 계절을 타나 보다는 생각을 하기에 이르렀다.

어제도 소파에 맥없이 앉아 있었다. 너무 한심해 보여서 내가 한마디 한 게 화근이 된 모양이다. 추석에 산소에 못 가면 지금이라도 다녀오자고 말을 던졌으나 한마디 대꾸도 없었다. 무슨 생각을 했는지 오늘 말도 없이 혼자서 산소에 갔던 모양이다. 결혼 이후 혼자서는 가본 적이 없이 늘 나를 데리고 갔었는데 혼자 내려간 그 마음을 알 것 같기도 했다. 부모님 산소가 따로따로 있어서 합장을 해야 하는데 아직 못 하고 있어서 늘 마음에 짐이 되고 있기 때문이다. 마음이 무거워서 친구라도 만나 한잔하고 있겠지 애써 마음을 다스리며 꼬박 밤을 새웠다. 다음날도 연락은 안 되고 여기저기서 걱정하는 전화만 걸려왔다.

이렇게 속을 태우다니 모든 게 내 탓인 것만 같았다. 내가 더 현명해서 남편의 마음을 헤아려 주었더라면 이러진 않았을 텐데 하는 자책감까지 들었다. 지금까지 살아오면서 미운 정 고운 정 들 만큼 들고 누구보다 서로의 마음을 환히 들여다보고 있을 텐데 이럴 수가 있을까 전화 한 통화 없는 그이가 야속하기만 했다. 그래도 딸한테서 울먹이며 전화가 오면 "좀 더 기다려봐, 시간이 되면 오실 거야." 하고 안심시켰지만 내 마음도 무너져 내릴 것만 같았다.

오후까지 기다리다 못해 딸은 더 이상 못 참겠다고 파출소에 가서 신고하기에 이르렀다. 그러나 기다리면 모든 건 시간이 해결해 주는 법- 저녁때쯤 그이한테서 전화가 온 것이다. 나 지금 가고 있으니 난리 좀 그만 치고 있으라고. 휴우- 한숨이 절로 나왔다. 오만 가지 들끓던 감정들이 한 통화 전화에 올 스톱 됐다. 다 털어버리고 빨리 내 마음을 원위치로 돌려야 했다. 내 마음을 다잡는 게 중요했다. 마침내 그이가 돌아왔다. 축 처진 모습이 피곤해 보였지만 생각보다 모든 게 정상이었다. 어디 갔다 왔느냐고 버럭 소리치고 싶었지만 꾹 참고 저녁을 차려주었더니 한 그릇을 뚝딱 비웠다. 하루 만에 돌아온 것인데 몇 년 만에 돌아온 사람처럼 반갑기도 하고 한편으론 야속하기도 했다.

내일 골프 약속이 있었는지 저녁을 먹고 나더니 골프 가방을 챙기고 있었다. 약속된 골프가 그나마 그이의 방황을 빨리 중지시켜 제자리로 돌아오게 한 것 같다. 나는 아직도 그이가 어디서 하룻밤을 자고 왔는지 물어볼 수가 없다. 모든 건 아무 일 없이 정상으로 돌아왔으니까 그나마 다행으로 여기며 이런 일이 처음이자 마지막이길 바랐다.

가을이 깊어간다. 가을이었기에 있었던 일이라고 모든 건 가을 탓으로 돌리고 싶다. 가을은 남자의 계절이라더니 그 남자는 가을의 발자국을 그렇게 쓸쓸하게 남겼다.

열무김치와
고구마 순나물

　올해만큼 더운 여름이 또 있었을까? 생각만 해도 몸서리
칠 만큼 더웠다. 에어컨을 비치해 놓고도 해마다 고작 두세 번 틀고 지
나갔던 것을 어찌 된 일인지 올해는 달랐다. 열대지방처럼 수은주는
36~37도를 넘나들었다. 낮에는 꾹 참고 선풍기만 켜고 지내다가도 밤
에는 하는 수없이 에어컨을 틀지 않을 수 없었다. 낮 동안 달구어졌던
아파트 벽의 열기가 식지 않아 도무지 참을 수가 없었다.

　더위를 물리치는 방법에는 여러 가지가 있을 것이다. 독서삼매에
빠지는 것, 아니면 시원한 계곡을 찾아 흐르는 물에 발 담그기, 임시방
편으로 수박 화채, 팥빙수, 냉면과 오이 냉국으로 더위를 식혀 보기 등
이다.

　이도 저도 싫다면 나만이 할 수 있는 특별한 방법은 없을까. 에어컨
을 유난히 싫어했던 나인지라 어떡하면 이 살인적인 더위를 이길 수
있을까 궁리하다가 이열치열以熱治熱이란 말을 생각해냈다. 물론 삼계

탕이나 보신탕을 먹으면서 땀 흘리는 방법도 있겠지만 보다 더 시원히 먹을 수 있는 담백한 걸 찾고 싶었다.

나는 맘먹고 시장으로 갔다. 둘러보다가 평소 잘 안 해 먹던 열무 두 단과 고구마 순 한 다발을 사가지고 왔다. 가격은 자장면 값도 안 되는 열무 두 단에 4천 원, 고구마 순 한 다발은 천 원에 불과했지만 싱싱해 보이는 그걸 보는 순간 바로 저거다 싶은 직감이 왔다.

선풍기를 틀어 놓아도 땀이 나는 건 마찬가지였지만 더위와 싸우면서 열무를 다듬기 시작했다. 남편이 보고 더운데 한심해 보였는지 사람 잡을 일 있느냐고 그만두라고 했다. 그 말이 들릴 리 없다. 한 번 한다 하면 끝까지 하는 성격이란 걸 보여주기라도 하듯이 마늘과 양파를 눈물 흘리면서 까고, 빨간 고추를 믹서에 갈았다. 찹쌀 풀을 쑤고 멸치 액젓을 넣어 마침내 열무김치를 버무려 놓았다. 자박자박 국물 있는 열무김치를 한 통 담아 놓고 나니 모처럼 가슴이 뿌듯해진다. 다음으론 언제부턴가 먹고 싶어 안달이 난 고구마 순을 벗기느라 노심초사하고 있으니 보다 못한 남편이 거들어 주면서 한마디 했다. 다른 건 다 못하는데 김치 담는 건 제법이라고 말이다. 이 더위에 총각김치도 몇 번 담그고, 민들레 김치, 파김치도 담가 먹었으니, 칭찬에 인색한 그이도 선뜻 뱉어놓은 말이다.

고구마 순은 벗기기 힘들어서 잘 팔지도 않을뿐더러 해먹기 귀찮아선지 선뜻 내키지 않는데 왜 사들고 왔을까? 땀을 훔치며 고구마 순을 벗기고 있노라니 갑자기 친정어머니 생각이 났다. 지금은 먼 하늘나라에 계시지만 어렸을 적에 어머니가 고구마 순을 삶아 된장에 버무려 주던 그 맛깔스러운 맛이 너무도 그리워 눈물이 날 것만 같았다. 밤이 포근포근 든 고구마를 삶아 열무김치와 고구마 순 나물을 먹던 까마득한 기억이 엊그제처럼 떠오르는 것이다. 그때는 그게 한 끼 점심이 되었다. 지금 생각해보니 얼마나 힘든 일이었을까. 심은 고구마를 캐다가 삶고 고구마 순을 뜯어다 무치기까지 그 고생에 비하면 지금 내가 하고 있는 이 일은 아무것도 아닐 것이다.

열무김치도 콩밭과 수수밭 사이에서 자란 걸 뽑아와 담은 거라 연하고 사근사근한 게 얼마나 맛있었는지 지금도 그 맛을 잊을 수 없다. 그뿐인가 텃밭에서 갓 따다 만든 가지 나물과 부추 무침은 어머니의 손맛이 남달리 맛있었다는 걸 증명해 주듯이 기억 속에 꼭 박혀 있다.

그때서야 내가 고구마 순과 열무를 사들고 온 까닭을 알게 되었다. 그렇게 고생만 하시다 가신 어머니가 너무 그립고 고향이 그리웠던 것이다. 그날 저녁은 어머니가 해주시던 그 맛과 비교는 안 되었지만 열무김치와 고구마 순 나물로 잃었던 입맛을 톡톡히 되찾을 수 있었다.

식성이 까다로운 둘째 딸도 나를 닮았는지 열무김치와 고구마 순 나물을 맛있게 먹는다. 큰 딸은 벌써 가버렸지만, 둘째도 시집가면 나중에 내가 멀리 가고 없을 때 나처럼 무더위와 싸우면서 열무김치와 고구마 순 나물을 떠올리며 나를 생각할까?

나의 여름 나기는 편하고 쉬운 것보다는 더 힘들고 어려운 일을 해보는 것이다. 더위를 피하려만 하지 말고 뭔가 하고 싶은 일을 찾아서 거기에 열중하다 보면 더위를 잊고 오히려 뭔가를 얻는다는 걸 알았다.

열무김치와 고구마 순 나물이 먹고 싶었다면 쉽게 식품 가게에 가서 사다 먹어도 되겠지만 그 재료를 사다가 땀 흘리며 만드는 과정 속에서 어머니를 떠올리고, 어렸을 적의 고향으로 되돌아가게 했던 것은 삼복더위를 잊고 얻을 수 있었던 값진 수확이었다.

에기나섬의
하루

터키에서 1시간가량 비행기를 타고 아테네 공항에 도착했다. 그리스 현지 가이드 안내를 받아 우리 일행은 버스를 타고 피레우스 항구로 이동하였다. 항구에는 많은 사람으로 붐비고 있었고 우리가 배에 올라 3층으로 올라가 자리에 앉아 있을 때였다. 항구에 있는 수많은 배가 동시에 '부웅'하며 긴 뱃고동을 울리는 게 아닌가. 한 5분 정도 일제히 울리고 있었다. 놀라서 갑판으로 나가 주위를 살펴보니 건너편 도로에 그리스 군인들이 사열해 있고 많은 사람이 큰소리로 뭐라고 외치고 있었다. 우린 영문을 모른 채 바라봤다. 무슨 식이 거행되고 있는지 아니면 시위하는 행렬인지 알 수 없었다. 뱃고동 소리가 그치자 배는 에기나섬을 향해 출발하였다.

거의 놀러 가는 사람처럼 편하게 차려입은 승객들은 자유롭고 여유로워 보였다. 바다는 짙푸르고 유유히 나는 갈매기도 평화롭기만 했다. 배에 내려서 선창가에 가까운 해변으로 가서 점심을 먹었다. 우리

나라 같으면 해변에 횟집이 수없이 즐비해 있고 고기가 펄쩍펄쩍 뛰고 있을 텐데 그런 건 전혀 보이지 않는다. 점심 메뉴도 해산물이 아닌 스테이크를 먹었다. 그리고 나선 모두 자유 시간이니 마음대로 즐기라고 하였다. 해변을 한 바퀴 돌며 구경하였다. 해변의 가게들은 관광객 위주로 맥주나 커피 과일을 팔고 사람들은 여유롭게 둘러앉아 담소하고 있었다. 노천카페에선 대부분 술과 커피를 마시며 대화하고 웃고 떠드는 모습들이 평화로워 보였다. 아주 오래된 조그만 교회 안에 들어가 보았다. 성모 마리아와 예수님의 형상 앞에 촛불이 켜져 있고 일행 중 두 분이 경건히 기도하는 모습도 보였다. 이렇게 먼 낯선 나라에 와서 어떤 기도를 한다면 하느님도 더 귀를 기울여 주실 거라는 생각도 하게 되었다. 바닷물이 너무 깨끗한 해변을 따라 산책하며 멋진 풍경도 찍고 모처럼 여유를 부리며 휴식을 즐겼다.

며칠 동안 터키 투어를 하느라 지쳐있던 몸과 마음이 풀리고 있었다. 여행도 모름지기 여유와 자유가 있어야 함을 느꼈다. 되돌아오는 길에 곳곳의 카페에서 관광객이 맥주나 커피를 마시는 모습이 즐겁고 떠들썩하였다. 우리 일행도 어느 카페에서 맥주를 시켜놓고 목을 축이고 있는데 그리스인이 쌍쌍이 와서 노천카페 악사가 연주하는 음악에 맞춰 멋들어지게 춤을 추었다. 우리나라 전통 민요처럼 장단을 맞춰 흥겹게 춤을 추는데 우리 일행 한 분이 같이 어우러져 춤판이 벌어졌다. 보는 사람도 흥에 겨워 절로 춤을 추게 만들었다. 그만큼 소박하고 친숙한 사람처럼 느껴졌다. 코리안이라고 하자 반갑게 악수를 하며 함께 사진도 찍고 즐겁게 한 판을 벌이고 왔다.

이곳을 찾은 사람들은 무언가를 구경하러 왔다기보다는 해변 카페에서 아무 시름없이 즐기며 휴식을 취하기 위해서 온 사람들이었다. 별 볼 것 없는 조그만 섬이지만 이런 낭만과 즐거움과 휴식이 있는 곳이기에 많은 관광객의 발길이 끊이지 않는구나 하는 생각을 했다.

에기나섬에서 받은 에너지에 힘을 싣고 다시 배에 올랐다. 내일은 드디어 아테네를 구경할 것이다. 선상에서 바라보는 바다는 급격히 해가 기울고 있었다. 나는 저절로 시가 떠올랐다.

선상에서 내려다보는 바다는
급격히 해를 삼키고 있다
떠나온 쪽은 어둠이 깔리는 장막의 바다
나아가는 쪽은 환히 열리는 밝은 세상

어둑어둑해지는 일몰의 시간
하늘에선 시커먼 구름이 요동을 치고
파도는 배를 삼킬 듯 뒤틀린다

순식간에 바다는 두 갈래 음영으로 갈라지고
사람들은 갑판으로 나와
짜릿한 환호성을 지른다.

에기나섬에서 피레우스로 돌아오는 곳

바다의 빛이 잠시 갈라지는 그곳에서

나는 과거와 미래를 넘나드는 착각에 빠진다

콜럼버스가 신대륙을 발견했을 때처럼

신기함과 놀라움에 가슴을 떨며

황홀한 뱃멀미를 한다

　　　　　－「빛이 갈라지는 선상에서」 전문

물오름
달

　1년 열두 달을 우리말로 아름답게 풀어놓은 게 있다. 1월은 해오름달, 2월은 시샘달, 3월은 물오름달, 4월은 잎새달, 5월은 푸른달, 6월은 누리달, 7월은 견우직녀달, 8월은 타오름달, 9월은 열매달, 10월은 하늘연달, 11월은 미틈달, 12월은 매듭달이다. 그 중에서도 가장 마음에 와 닿는 달이 물오름달이다. 산과 들에 물이 오르는 달을 일컫는 말이다.

　쉽사리 3월은 오지 않는다. 앙상한 겨울을 몰아내느라 여러 번 기침을 하고 재채기를 한다. 날씨가 완연히 풀린 봄날 같다가 돌연 엄동설한처럼 영하로 뚝 떨어져 눈발이 날리기도 한다. 봄을 피우려던 나무와 꽃들을 혼쭐나게 만든다. 이젠 봄이려니 하고 겨울옷 다 집어넣고 봄맞이 궁리하다가 다시 겨울옷을 꺼내 입게 만드는 까탈을 부리기도 한다.

　봄은 저 땅속 깊이 오고 있다. 얼었던 땅이 녹는 걸 보면 땅속으로부터 봄의 기운이 일렁이고 있음이 분명하다. 봄기운에 민감하게 개구리가 튀어나오고 얼음 속에서도 복수초가 노랗게 꽃봉오리를 내민다. 버들가지가 톡톡 눈을 트고 매화, 산수유 가지에 희고 노란 꽃망울이 터지기 시작한다.

진달래, 개나리 가지에도 연분홍, 노랑물이 터질 듯 부풀어 있다. 연신 땅속에선 풀무질을 하며 땅을 녹이느라 부산하다. 산과 들에 김이 무럭무럭 오르고 있지 않은가. 지천에서 솔솔 올라오는 입김, 정녕 눈에 보이는 물오름달이다. 입김이 오르다가 아지랑이가 되어 온 산야를 아른아른 휘감고 있다. 몽롱하리만치 봄은 아른거리며 사람들의 마음을 유혹하고 있다.

물오름달에 서 있으면 사람들에게도 물이 오르고 있을까. 삭막하고 지루한 겨울을 털고 새봄으로 단장하는 걸 보면 사람들 마음에도 봄물이 오르고 있을 게다.

집집마다 봄 맞을 준비가 한창이다. 집 안의 화분을 손질하다 보면 금방 터질 것 같은 꽃망울을 보면서 아낙의 마음에도 성큼 봄이 깃들고 있다. 어느 집은 칙칙하던 거실의 커튼을 산뜻한 봄빛으로 갈아 달고 벽지까지 환하게 바꾸기도 한다. 식탁엔 향긋한 봄 내음이 나는 냉이, 달래를 무치고 입맛 도는 보릿국이나 쑥국을 끓여 밥상에 올린다. 휴일이면 봄나들이 가느라 집집마다 부산을 떨며 산뜻한 차림으로 집을 나선다. 겨우내 가지 못했던 산과 들, 바다로 가족, 연인, 친구끼리 즐거운 행렬이 이어진다.

물오름달은 이렇게 맞이하고 싶고, 꾸며보고 싶고, 나가고 싶은 설렘의 계절이 아닐까. 자연이 펼치는 봄의 전령들, 눈으로만 보지 말고 가슴으로 느끼려 한다.

꽃샘추위라고 하여 날씨가 변덕을 부리더라도 잠시만 기다리면 봄은 마침내 우리 가슴을 포근히 녹이듯 따스한 햇살로 온다. 농부들은 논밭을 일궈 씨앗을 뿌리고 침체된 겨울의 장막을 거두며 희망을 가득 몰고 온다. 메마른 가지에 새싹이 트듯 삭막한 마음 밭에도 새 움이 돋아나고 있다. 초등학교 입학하는 아이처럼 마음이 설레고, 두근거리는 계절, 바로 물오름달에 서 있기 때문이다. 산과 들에 물이 올라 자연이 회귀 본능을 일으키듯 우리들 마음에도 희망과 사랑의 샘물이 솟아올라 삭막한 이들의 마음을 촉촉이 적셔주면 좋겠다.

바람에 꽃 냄새가 묻어오고 봄을 재촉하는 비가 오는가 했더니 강원도 지방엔 꽃을 시샘하는 눈발이 휘날리고 백두대간 선자령에도 눈이 수북이 쌓였다는 소식이다. 아무리 봄을 막는다 해도 물오름달 3월은 벌써 봄을 싣고 우리 곁에 와 있다.

천리향의
속삭임

　　우리 집 천리향은 천 리로부터 오는 봄을 미리 감지했나 보
다. 아직 영하의 기온은 계속되고 사흘이 멀다 하고 눈보라는 치고 있
는데 베란다에 있던 천리향은 벌써 꽃망울을 터트렸다. 창문을 열어
놓으면 온 집 안에 퍼지는 향기는 그야말로 천 리까지 퍼질 것만 같다.
올겨울처럼 매서운 추위도 아랑곳없이 잘 견뎌내더니 제일 먼저 꽃잎
을 열어 봄이 오고 있음을 알린다.

　몇 년 전 광양 매화 마을에 갔을 적에 길에서 팔고 있는 천리향 향기
에 그만 매료되어 두 그루를 사들고 왔다. 해마다 이맘때면 그곳 매화
마을이 생각나는 것은 매화보다 더 빨리 피어 온 집안을 향기로 진동
시키는 천리향이 햇빛 잘 드는 베란다에 버티고 있어 우리 집 청량제
역할을 톡톡히 해주기 때문이다.

　밖에 나갔다가 집에 들어오면, 제일 먼저 반겨주는 천리향 두 그루
에서 풍기는 그 진한 향기는 긴 겨울 웅크리고 있던 침울한 집안 분위

기를 상큼하게 확 바꾸어 놓는다. 베란다에서 해바라기를 잘한 탓인지 제일 먼저 봄소식을 전해주니 우리 집 1등 봄꽃임에 틀림없다. 봄꽃 하면 매화나 민들레 제비꽃이라고 믿었는데 이젠 천리 먼 곳으로부터 봄을 싣고 온 천리향이 가장 으뜸이라고 생각된다. 하기야 땅속에선 무던히 봄을 맞으려고 봄꽃들이 싹 틔울 준비를 하고 있겠지만 저 천리향의 열정적인 향기는 따라가지 못할 것이다.

이 꽃을 보면 자기의 생명을 부지하기 위해 자기 할 일을 누구보다 열심히 해내는 보이지 않는 열정을 깨닫게 된다. 나는 지금 베란다 창을 열고 천리향의 속삭임을 듣고 있다.

나는 천 년 전 천 리 밖에서 살았단다. 여기까지 오느라 천 년이 걸렸지. 내 걸음이 어찌나 느린지 10리를 걸을 적마다 10년이 걸렸지. 그래서 내 계산으론 이곳까지 천 리를 걸어오느라 천 년이 걸린 거란다.

이렇게 느린 나지만 내 향기에 반하여 간곡하게 나를 원하는 자들이 나를 천리향이라고 부르게 되었지. 네가 나를 원해 천 년이 걸려 너의 집에 왔는데 얼마나 빨리 꽃이 피고 싶었겠니? 봄을 기다리다 못해 겨울이 끝나기도 전 꽃을 피웠단다.

영하 10도 넘는 날씨에도 꽁꽁 언 추위를 견디며 낮이면 햇빛을 꼭 끌어안고 양분을 내 몸속에 저장해 두었지. 따뜻한 온기가 퍼져야 빨리 예쁜 꽃을 피울 수 있었으니까.

긴 겨울이 끝나지 않고 머뭇거릴 즈음 나는 성급하게 꽃을 피워 마침내 천 리를 퍼져나가는 나의 원천적인 향기로 너의 집을 가득 채웠단다. 내가 제일 먼저 너의 집에 봄의 입김을 불어넣어 주었지. 내 향기가 퍼지기 시작하면서 엄동설한의 매서운 추위도 사그라들기 시작했어. 가끔 따스한 햇살이 숨바꼭질하고 얼어붙었던 땅이 포근히 녹아들었지. 화단 위에 두껍게 쌓인 눈이 사르르 녹기 시작했어. 내가 미리 불러온 봄기운이 퍼지기 시작한 거야.

내가 천 년 동안 천 리를 걸어서 너에게 천리향을 선사하러 온 걸 이제야 알겠지? 나는 볼품없이 수수한 꽃이지만 내 향기만큼은 그 누구도 따를 수가 없을 거야. 이 향기를 맡고서 올해도 좋은 글을 많이 쓰고 너의 집에도 좋은 일만 생겨 행복한 웃음이 가득 쏟아지는 한 해가 되길 바랄게.

나는 곧 시들면 또다시 내년을 위해 참고 견디며 내 몸속에 양분을 저장하는 일에 매진할 거야. 너를 위해서 너의 가족과 이웃까지도 모두 행복하게 해주는 봄의 화신 천리향으로 피어나기 위해서.

나를
키워준
길

고향의 고갯길은 나를 무럭무럭 키워준 고마운 길이다.

우리 집을 나서 나지막한 산을 옆에 끼고 맡과 밭 사이로 난 밭두렁 길은 초등학교부터 고등학교까지 눈을 감고도 걸을 수 있을 만큼 줄곧 다녔던 길이다.

외딴집에 사는 나는 혼자서 그 길을 십리 길도 멀다 않고 빠짐없이 걸어 다녔다. 겨울이나 봄엔 보리와 봄동이 푸릇푸릇 자라고 여름엔 콩밭 깨밭 수수밭을 지나면서 톡톡 콩 까지는 소리를 들으며 걷곤 했다. 얼마나 적막했으면 햇볕에 콩 까지는 소리가 다 들렸겠는가. 맡에 선 메뚜기, 방아깨비가 툭툭 튀어나오기도 했다. 아침엔 이슬을 후루루 털며 고갯길을 내려갔다. 들길에 피어나던 작은 풀꽃들에게도 한마디씩 말을 주고받으며 전혀 심심한 줄 모르고 다녔다.

겨울은 더욱 멋진 길로 떠오른다. 눈이 허옇게 쌓인 고갯길을 푹푹 빠지다가 넘어지면서도 힘든 줄도 모르고 알프스 산의 하이디가 된 것처럼 황홀했었다.

그 길을 걸으면서 나는 무한한 상상력을 키웠다. 고갯길을 오르고 내릴 때마다 내 마음속엔 아름다운 동화를 쓰고 있었다. 중학교 땐 책 읽기를 좋아해서 날마다 하루에 한 권씩 빌려보았다. 학교 앞에 국어 선생님 사모님이 헌책방을 하고 계셔서 책을 쉽게 빌려 볼 수 있었다. 그때는 전기도 들어오지 않아서 밤새도록 등잔불 밑에서 책 한 권을 다 읽어야 잠이 들었다.

그 시골길을 걸으면서 나는 동화 속의 주인공이 되어가고 있었다. 알프스 소녀가 되고, 소공녀가 되고…. 그렇게 나의 꿈이 피어나던 길이다. 내가 문학의 길을 걷게 해준 바로 그 길이다.

이 세상엔 수많은 길이 엇갈려 뻗어 있다.

길을 떠나면 글이 써진다고 누군가 했던 말이 떠오른다. 집에 온종일 있어 보라. 집 안에 있는 일들이 나를 꼭 붙들고 놓아주지 않는다. 집안일 속에 꽉 갇혀 버린다. 그러다 훌훌 털고 집을 나서보면 눈에 보이지 않던 햇빛이 반기고 구름, 바람이 손짓한다.

길이면 길, 공원, 호수, 강, 산이 부른다. 나무들이 잎을 흔들며 말을 걸어오고 풀꽃들이 생글생글 웃음을 터뜨린다. 온통 자연과의 교감이 시작되고 있다. 자연은 생명의 근원이라 했다. 그래서인지 내 몸은 생기가 돌고 씩씩해진다.

앞으로 내가 사는 날까지 이 세상 수많은 길을 돌아다니며 많이 보고 듣고 느껴서 글을 쓰는 게 나의 변함없는 꿈이요 마지막 나의 길일 것이다.

봄, 봄… 봄이다! 시대가 변하니 계절도 변하나 보다. 예전 같으면 겨울이 끝나기도 전에 봄이 꿈틀대며 먼저 찾아오더니 지금은 봄인가 하면 겨울이고 겨울인가 하면 봄이 왔다고 야단이다.

-「강인한 생명력, 쑥」중에서

3부

내 이름은

빛

    하느님이 세상을 창조하실 때 제일 먼저 만드신 것은 빛이다. 빛이 없었다면 세상은 어둠 그 자체였을 것이다. 어둠 속에서는 아무것도 할 수 없다. 다시 말해 이 세상은 열리지 않았을 것이고, 시간과 공간으로 이루어지는 역사는 아예 시작되지 않았을 것이다.

  빛이 만들어지면서 세상은 꿈틀대기 시작했고, 그로부터 역사는 시작되었다. 그 빛을 위해 조물주는 제일 먼저 태양을 만드셨고 달과 별을 만드셨다. 우리가 어둠 속에서 뭔가를 하기 위해 제일 먼저 불을 찾듯이 하느님도 이 세상을 만들기 위해 제일 먼저 빛을 찾으셨으리라.

  세상에는 빛도 많다. 그 수많은 빛 속에서 우주는 생성과 소멸을 거듭한다. 해, 달, 별은 말할 것도 없고 촛불, 등잔불, 전깃불까지도 어둠 속에서는 꼭 필요한 빛의 존재다.

  빛의 소중함을 알리기 위해 밤은 또 마련되었으리라. 빛을 발할 수 있도록 어둠이 존재한다. 밤이 되면 잠을 자듯이 어둠만이 존재한다면 이 세상 만물은 다 잠을 자듯 활동을 못하고 깊은 침체에 빠져있을 것이다. 그 침체를 벗어내며 소리 없이 발하고 있는 빛이 있기에 세상은 오늘날처럼 발전해 가고 있는 것이다.

빛은 어둠을 밝혀 주기 위해 있지만 그 빛을 잘 이용하면 빛은 더 많은 구실을 하게 된다. 생각하면 오늘날의 세계 문명과 문화의 발전은 빛이 가져다준 큰 결실이라 해도 과언은 아니다.

옛사람들은 불이 없는 밤에는 반딧불을 벗 삼아 공부하였다고 한다. 형설螢雪의 공功이라는 말이 바로 그것이다. 반딧불까지도 빛의 구실을 톡톡히 했으니 오늘날의 화려한 불빛은 밤을 낮으로 밝힐 만큼 눈부시게 제 몫을 다하고 있음이 틀림없다.

도심의 명멸하는 불빛을 바라보노라면 신비롭고 아름답다. 어둠 속을 구석구석 밝혀주는 저 고마운 불빛이 있기에 오늘날의 경제와 문화는 눈부시게 발전되어 가고 있는 것이다.

눈을 감고 빛을 생각해 본다. 그 눈부심과 아름다움은 모두 빛으로부터 오는 것이다. 산천초목의 저 푸르름, 고운 빛깔의 꽃과 탐스러운 열매, 익어가는 곡식- 빛의 은혜를 입지 않고서는 저토록 대자연의 풍성한 혜택을 누릴 수는 없는 것이다.

사람도 유난히 빛이 나는 사람이 있다. 얼굴에 화색이 가득하고 환해 보이는 사람을 만나면 보는 사람까지도 마음이 밝아진다. 그 빛은 어디서 오는 걸까. 빛은 밝음이다. 그 밝음은 우선 마음으로부터 온다. 마음속에 희망이 꿈틀대고 이상이 펼쳐지면 자기도 모르는 사이에 그의 얼굴에는 빛이 서리게 된다. 마음의 수행을 쌓는 스님을 보노라면 얼굴에 광채가 나는 것을 볼 수 있다. 그것은 마음속에 끊임없이 일어나는 온갖 번뇌를 다 소멸하고 깨달음 하나— 빛을 얻었기 때문일 것이다.

동양의 명언에 우리의 눈은 더럽고 나쁜 것을 발견하기 위해서 있는 것이 아니라 아름답고 좋은 것을 발견하기 위해 있다고 한다. 우리의 마음이 밝으면 세상도 모두 아름답게 보이는 것이 아닐까. 이것은 자연의 빛만이 아니라 사람이 스스로 마음속에서 만들어내는 빛일 것이다.

우리는 빛의 소중함을 곧잘 잊고 산다. 꼭 없어서는 안 될 공기와 물의 고마움을 잊고 살듯이 빛의 고마움도 잊고 살기 일쑤다. 빛의 소중함, 빛의 고귀함, 빛의 풍성함을 잊지 말고, 빛나는 마음으로, 빛나는 얼굴로, 빛나는 일들을 이루어내어 영원히 빛을 발하는 사람으로 남기를 바라고 싶다.

빛 하면 희망이 연상되고, 빛 하면 아름다움이 반짝이고, 빛 하면 생명력이 넘친다. 빛 하면 축복이 떠오르고, 빛 하면 태초의 세상이 열리는 환상에 빠진다. 결국 빛으로 이 우주 만물이 생성되었음을 깨닫게 된다.

딸이
엄마가
되기까지

    시집간 딸이 모처럼 집에 와서 하룻밤을 자게 되었다. 사위가 출장을 간 탓이다. 그날 밤 신통하게도 꿈을 꾸었다, 양떼들이 길을 가다가 그중 한 마리가 내게로 와 안기는 것이다. 또 길을 걷고 있으니 새까만 아기 돼지 한 마리가 내게로 와 품에 꼭 안겼다. 평소 꿈을 꾸어도 잘 생각나지 않더니 그날 밤 꿈은 생생하게 기억이 났다. 아무리 생각해도 그냥 넘어갈 일은 아닌 것 같아서 딸에게 무조건 내 꿈을 사가라고 했다. 딸이 "그래, 산다."라고 선뜻 대답했다. 분명 태몽 꿈인데 3년 있다 아기를 갖겠다고 했기 때문에 설마 했는데 아니나 다를까 한 달쯤 지나자 산부인과에 같이 가자고 하는 게 아닌가. 의사 선생님이 틀림없이 아기라고 했다. 몸이 약한 아이라서 걱정스러웠는데 입덧도 별로 없이 밥도 잘 먹고 직장에도 잘 나갔다. 배가 점점 불러오더니 산달이 다 되었다. 아기가 배를 사정없이 찬다고 힘이 센 아이 같다고 했다. 초음파를 해보니 딸이라고 했다. 아들도 좋지만 딸이어서 더 좋다고 했다.

사실 내가 딸 가졌을 때가 생각난다. 결혼해서 3년이 지나도 아기가 생기지 않아 무척 걱정을 많이 했다. 병원으로 한약방으로 이곳저곳 다니며 왜 임신이 되지 않는지 백방으로 알아보고 다녔다. 그때 난 시골 학교 선생님으로 있었고 남편은 서울로 직장을 옮기게 되어 1년간 떨어져 살았다. 방학 때면 서울에 올라와 있으면서 잘 본다는 인천 한약방까지 가서 약을 지어다 먹곤 했는데 그래서인지 기다리던 아기가 생겼다. 어디서 아이를 하나 데려다 키우자는 얘기까지 했던 터라 너무 기뻐서 눈물이 날 지경이었다. 시어머님은 너무 행복하여 동네방네 춤을 추며 다니고 싶다고 하셨고 남편은 그날로 당장 서울에서 광주까지 내려와서 더없이 기뻐하였다. 그렇게 어렵사리 가진 딸인데, 그 딸은 너무 쉽게 아기를 갖게 되어 그 기쁨은 두 배가 되고도 남았다.

딸은 직장에 다니면서도 아기 낳을 준비는 어느 엄마 못지않게 꼼꼼히 다 해 놓았다. 좋은 책을 읽고, 음악을 계속 들려주고, 제일 잘 본다는 산부인과에 다니면서 꾸준히 아기가 커가는 모습을 CD에 담아 놓기까지 했다. 아기가 좋다는 음식은 많이 먹고 나쁜 음식은 가려 먹으면서 온갖 정성을 쏟았다. 새 생명을 탄생시킨다는 것이 이렇게 새롭게 산모를 변화시킬 줄은 몰랐다. 매사에 예민하던 딸은 엄마가 되면서 성격도 더 원만해지고 행복해 보였다.

출산 예정일을 이틀 앞두고 딸에게서 전화가 왔다.

"엄마, 아무래도 배가 아픈 것 같아."

"당연해. 고 녀석이 태동을 준비하느라고 그러겠지."

조금 후에 또 전화가 왔다.

"아무래도 병원에 가야겠어. 진짜 아픈 것 같아."

"그래, 준비하고 가자."

나는 부랴부랴 차를 몰고 딸 집으로 가는데 웬 차는 그리 밀리고 하늘에선 비가 흩뿌리며 날씨조차 변덕을 부린다. 딸은 사위가 먼저 와서 병원을 데리고 간다고 하여 나는 미역과 국통을 딸네 집에 두고 딸 시어머니를 만나 같이 병원으로 갔다. 벌써 딸은 병원에서 관장을 마치고 진통을 이기기 위해 안간힘을 쓰고 있었다. 사위도 얼굴에 긴장감이 돌아 초조해 보였다. 분만실에선 딸 얼굴을 잠시 보는 것으로 그쳤을 뿐, 사위가 옆에 붙어서 계속 간호를 하도록 했다. 분만이 가까워 오자 다섯 명의 간호사가 딸을 붙들고 한 명은 배 위에 올라타서 힘들게 아기를 꺼냈다고 한다. 우리는 밖에서 기다리다가 고 녀석의 울음소리가 하도 요란하여 마침내 아기가 세상에 첫발을 내디뎠음을 알게 되었다. 한참 후 아기는 보조기에 실려 나왔는데 허옇고 미끈하게 생겨 이마도 훤칠하고 코도 우뚝 솟은 건강한 아기였다. 분만실에 잠시 들어가 딸을 보았더니 진이 다 빠진 모습으로 절대 둘째는 안 가지겠다고 한다. 아기가 너무 커서 죽기 아니면 살기로 낳았다는 것이다. 말하지 않아도 그 고통이 가히 짐작이 갔다.

귀한 생명을 무사히 순산함에 고맙고 감사할 따름이었다. 예쁜 공주님이 탄생하여 식구가 하나 더 생겼으니 양가의 기쁨이요 큰 축복

이었다. 더구나 아들만 있는 시댁에선 손녀를 얻게 된 게 더없는 경사
가 아닐 수 없다 했다.

퇴근길에 아빠는 꽃 한 바구니를 사들고 오셨고 시아버님은 장미꽃
으로 하트를 만들어 놓은 꽃 상자를 들고 오셔서 축하해 주었다. 딸 친
구들도 꽃다발과 선물을 한 아름씩 들고 찾아왔다. 이렇게 해서 딸은
이제 아기의 당당한 엄마가 된 것이다. 딸의 성숙한 변신, 이제 아기를
누구보다 잘 키울 일만 남았다. 힘든 과제지만 충분히 잘 해낼 자신감
있는 딸이라 믿어 의심치 않는다.

해님이 태어난 날

병술년 11월 15일 오후 3시
비를 뿌리다 해가 뜨다
하늘도 요동을 치며
딸의 진통을 같이 하더라

다섯 명의 간호사가 딸을 붙잡고
머리가 유난히 큰 아기를
세상 밖으로 밀어내느라 분만실은 긴장감이 흐르고
마침내 아가는 첫 울음을 세상에 알리더라

열 달을 고이고이 지극정성 태교하여

한구석 빈틈없이 온전한 새 생명을

탄생시킨 대견함이 하늘을 감동시켜

천둥 번개까지 치더라

울 엄니가 날 낳았듯이 내가 딸을 낳고

딸은 또 딸을 낳았으니

가문의 영광이요 가문의 기쁨이더라

해님처럼 세상을 고루 비추라고

아기 이름을 잠시 해님이라 부르니

이 세상을 새롭게 비출 해님의 탄생이

가슴 벅찬 희망의 꽃으로 피어 오르더라

돼지감자를
아시나요?

어렸을 적 지천에 깔려 있던 우리 집 뒤뜰의 돼지감자. 마구 뽑아내도 억수로 생명력이 강해 자생하며 노란 꽃을 피우며 번식하던 골치 아프던 녀석, 생긴 건 천하 밉상이어서 못생기기 대회에선 당연 1등을 고수할 만큼 반반한 구석 하나 없는 그 녀석이 요즘엔 인터넷이나 스마트폰에서도 방방 뜨고 있다니 이거 빅뉴스 아닌가요?

어느 시골 공터에서 천덕꾸러기로 자라던 그 녀석이 50여 년이 지난 어느 날 갑자기 신데렐라처럼 떠올라 그 이름도 당당히 TV에서도 거론되고 있으니 고 녀석을 아무짝에도 쓸모없는 존재라고 무시하던 나로선 경악을 금치 못하는 건 당연하지요. 글쎄, 그 못생긴 녀석이 다른 것도 아닌 건강식품으로 부상하고 있다지 뭐예요?

그것도 다름 아닌 지독히 낫기 어려운 당뇨병에 유용한 자연식품 1호로 떠올랐다는군요. 그 녀석을 볶아서 꾸준히 차처럼 마시기만 해도 당 수치가 저절로 떨어진다니 당뇨병 환자에겐 이 식품이 얼마나 하늘에서 내려준 횡재 같겠어요. 거기다가 비만으로 힘든 사람들에게는 체지방 분해까지 해준다니 꿩 먹고 알 먹는 일 아니겠어요.

돼지감자는 천연 인슐린이라 불릴 정도로 혈당 조절력이 높다네요. 이눌린이란 성분이 많아 혈당을 높이지 않고 천연 인슐린 역할을 한대요. 이눌린은 장내 유산균을 10배까지 증가시켜 유해균을 감소시키는 데도 한몫을 한다는군요. 체질 개선, 변비, 비만증에도 효과가 있어 다이어트 식품으로도 각광받는다니 이리 좋을 수가요.

어젠 동네 슈퍼마켓에 갔더니 그렇게 구하려고 해도 쉽지 않던 돼지감자가 떡 버티고 있는 게 아니겠어요. 제철인지 1kg에 3,500원. 값도 저렴하더라고요. 냉큼 두 봉지를 사들고 왔죠. 못생긴 감자를 깨끗이 씻어 껍질을 벗기는 일이 큰일이었지만 천연 인슐린이라는데 어떡하겠어요. 힘들지만 기꺼이 했죠.

한 봉지는 사각사각 썰어서 간장과 식초에 담가 두고, 한 봉지는 얇게 저며 채반에 말려 놓았죠. 장아찌는 5일만 지나도 먹을 수 있어 밥맛 떨어진 봄날에는 별미 중의 별미죠. 사근사근하면서도 독특한 맛이 감칠맛 나게 입맛을 사로잡죠. 말린 것은 살짝 볶아 보리차처럼 끓여 먹으면 담백한 차가 되니 두고두고 먹어도 질리지 않고 먹을 수 있는 약수나 다름없죠. 어린이들도 먹으면 성장호르몬이 많이 분비되어 튼튼하게 자랄 수 있다는군요.

지금은 온 국민들이 9988 건강하게 살아보자고 목소리를 높이고 있죠. TV마다 건강 프로그램이 활개를 치고 있고 어지간한 병은 약을 안

먹고도 고칠 수 있다고 흥건하게 판을 치네요. 죽을 병에 걸린 암환자들이 병원에서 치료를 중단하고 산중으로 들어가 무농약 채소를 길러 먹고 약초를 캐러 다니며 산행을 하다 보니 혈색이 좋아지고 마음도 밝아져 건강을 되찾았다고 자랑하네요. 공기 좋고 물 좋은 곳에 가면 저절로 머리가 맑아지는 경험을 우리도 하지 않았나요. 약을 먹지 않고도 황토로 집을 짓고 건강한 식생활로 자연 치유하는 사람들끼리 모여 사는 마을도 생겼더라고요.

언젠가는 먼 곳으로 떠날 우리들이죠. 어떤 무서운 병마가 갑자기 우릴 찾아들지 모르죠. 불치의 병에 걸렸다면 지금껏 살아온 모든 걸 내려놓고 고향이나 산속으로 들어가 자연과 더불어 주어진 운명만큼 살다가는 것도 최선의 방법일 듯싶네요. 병원에서 3개월밖에 살지 못한다는 선고를 받은 사람이 산속으로 들어가 좋은 건강 채소와 약초로 몸을 다스려 3년이 넘도록 건강하게 살고 있다고 TV에 나와서 당당하게 증언하네요.

하찮은 돼지감자가 귀한 건강식품으로 자리를 굳힌 것만 봐도 모든 병은 자연 치유할 수 있다는 확신을 가져봅니다. 건강을 되찾아 주는 저렴한 돼지감자라도 열심히 챙겨 먹어야죠.

항아리는
내 별명

    내 어렸을 적 별명은 항아리랍니다. 학교 들어가기 전까지는 내 이름은 月城이라고 불렀습니다. 나를 낳았을 때 하늘엔 칠월 열여드레 달이 활짝 웃고 내려다보았답니다. 그 달의 얼굴이 나랑 너무 닮아서 달을 이루었다는 뜻으로 아버지는 월성이라고 부른 게 어렸을 적 이름이 되었습니다.

  초등학교 들어갈 무렵에야 아버지는 내 이름 첫 자에 항상 恒자와 큰 德자가 들어가는 이름으로 지어 주셨습니다. 복이 많이 들어 있는 이름이라고 항상 덕을 베풀며 살아야 된다고 하셨습니다. 그런데 막상 남자 이름 같아 무겁기도 하고 부르기도 편하지 않았는지 사람들은 '항'을 '향'으로 부르기 일쑤였습니다. 내 이름 첫 자에 항자가 들어가면서부터 친구들은 내 이름을 아예 항아리라고 불렀습니다. '항'자를 정확히 발음하기 위해선지 아니면 내가 항아리처럼 보였는지 놀리듯이 부르는 항아리가 얼마나 싫었는지 많이 울었던 기억이 납니다.

옆집 사는 친구는 떡 100개 주면 안 부르겠다고 하였지만 그 시절 떡 100개가 그리 쉬운 거였나요? 설이 되면 갚겠다고 했지만 그때까지 다 못 갚으면 200개, 그다음 추석에 다 못 갚으면 300개로 늘어났지요. 결국 그 빚은 다 못 갚고 말았지만 어린 시절 그렇게 나를 힘들게 했던 이름이었습니다.

고향을 떠나와 서울 도심 속에 살면서도 항아리는 영 골치 아픈 존재였습니다. 항아리의 필요성을 느끼지 못하고 이사 갈 때마다 몇 개씩 버리고 갔습니다. 아파트에 항아리를 저장할 만한 공간이 마땅치 않았을뿐더러 간장 된장 담글 일도 없었거든요. 세월이 약이었는지 도시에 오래 살면서 항아리라는 별명은 나의 머릿속에서 서서히 잊혀 갔습니다.

언젠가 광양 매화마을을 찾은 적이 있지요. 수백 개의 항아리가 나열되어 있는데 그 풍경이 장관이었습니다. 이 많은 항아리가 속에 뭔가를 가득 담고 사람들을 위해 묵묵히 자리를 지키고 있다니, 갑자기 마음이 확 뚫리며 한없이 평화로워졌습니다. 햇빛에 반짝이는 항아리의 빛깔이 찬란하기까지 했습니다.

어렸을 적 그렇게 싫어하던 항아리가 저렇게 듬직하고 아름답게 빛나고 있다니 정말 놀라운 일이었습니다. 왜 저 보물단지를 외면하고 살았는지 후회스럽기까지 했습니다. 항아리라고 불러주던 그 친구들이 갑자기 그리워지면서 눈물이 핑 돌았습니다.

항아리 하면 떠오르는 기억이 많습니다. 어렸을 적 우리 동네에 우물이 부족하여 다른 동네까지 가서 우물을 길러다 큰 항아리에 저장해 놓고 썼습니다. 항아리는 부엌 땅속에 묻어 놓고 물을 길어다 채웠습니다. 그 물은 여름엔 냉장고 물처럼 시원하고 겨울엔 반대로 차갑지 않았습니다. 뒤안 장독대엔 크고 작은 항아리가 즐비해 있었습니다. 된장독, 간장독, 고추장독- 일 년간 먹을 재래 음식 저장고였습니다. 맛깔나는 토종 음식들이 햇빛을 받아 항아리 안에서 발효되고 있었습니다. 부엌엔 김칫독이 자리를 차지하고, 광에는 곡식을 담아둔 항아리가 그득했습니다.

우리 생활을 윤택하게 해주던 그 고마운 항아리, 투박하면서도 청아한 울림을 가지고 있는 항아리, 뭔가를 채우기 위해 배를 불룩이고 있는 항아리는 살아있는 물체처럼 정감있게 다가왔습니다. 항아리의 참 모습을 그때야 알아보았으니 어렸을 적 쌓였던 원망스러움이 이제야 눈 녹듯 녹는 것이었습니다.

집으로 돌아와 중, 고등학교 인터넷 카페 닉네임을 항아리로 고쳤습니다. 고쳤다기보다는 오랫동안 잃었던 항아리를 뒤늦게 되찾은 거지요. 어렸을 적 별명, 그게 나였음을 이제 깨닫게 되었으니 비로소 철이 드는 것 같았습니다. 나를 무겁게 짓누르던 항아리는 이제 너그럽게 품어 안아주는 소박하고 평화로운 모습으로 다가옵니다. 여유롭고 자연친화적인 모습으로 웰빙을 선물해 줍니다.

이젠 음식점에 가면 항아리들을 진열해 놓고 시골스러운 정취를 만들어주는 곳이 많습니다. 그런 집에 들어가면 토속적인 음식들이 고향에서 먹던 그 맛으로 친근하게 다가옵니다. 항아리가 있다는 그 자체만으로 우리의 기분을 시골 고향으로 되돌려 놓는 위력을 지녔습니다.

이젠 항아리가 자랑스럽습니다. 세계 어디에 내어 놓아도 질박한 멋스러움을 간직하고 있습니다. 항아리는 숨을 쉬고 있기 때문에 음식을 저장해도 썩지 않고 오래 보존할 수 있습니다. 용도도 다양할뿐더러 오래 저장하고 발효시키는 과학적인 기능까지 지녔습니다. 겨울에 항아리 속에서 꺼내 먹던 시원한 동치미 국물, 그거 하나만으로도 항아리는 우리 조상들이 대대로 애용해 왔던 항아리의 필요성과 우수성을 입증할 수 있습니다.

언젠가는 공기 좋고 물 좋은 시골로 되돌아가 장독대에 소박한 항아리들을 진열해 놓고 간장, 된장, 고추장 담아 가며 자연과 더불어 살다 가는 게 나의 마지막 꿈입니다.

꽃의 천국,
분당

　　언제부터 분당은 꽃의 천국이 되었을까? 분당 시가지를 걷다 보면 여기저기 꽃들의 화사한 축제가 펼쳐지고 있다. 해마다 꽃은 불어나 이젠 온통 꽃향기 속에 묻힌 아름다운 도시가 되어 버렸다.

　　거리마다 골목마다 아파트 단지마다 활짝 웃는 꽃의 모습이 누가 봐도 이곳은 참 행복하고 즐겁고 좋은 일만 있을 것 같은 인상을 주기에 모자람이 없다. 그래서인지 주말이면 이곳을 찾는 인파가 넘치고 있다. 중앙 공원이나 율동 공원 주변에는 이곳을 찾는 사람들의 차가 문전성시를 이루고 있다. 도로변까지 온통 주차장을 방불케 한다. 아닌 게 아니라 공원엔 온갖 꽃의 천국이 펼쳐지고 있다.

　　봄이 제일 먼저 오는 곳이 중앙공원이다. 앙상한 나뭇가지에 언제 새움이 돋으려나 기다리며 공원을 오르다 보면 매화, 산수유가 성급하게 꽃망울을 터트리고, 마른 나뭇가지에 진달래가 불붙듯이 피어나고, 질

세라 개나리도 노랗게 수를 놓는다. 이어서 시절을 만난 듯 벚꽃이 만개하면 환한 꽃대궐을 이룬 중앙공원은 꽃의 천국이라 해도 아무도 고개를 내두르지 않는다. 주말이면 가까이 사는 사람보다 서울이나 먼 곳에서도 가족이며 친구 또는 연인끼리 손을 맞잡고 몰려든다.

탄천 따라 벚꽃 터널을 이룬 길에는 다투어 사진을 찍느라 플래시를 터트리는 소리가 부산하다. 잔디 위에 돗자리를 깔고 앉아 간식을 나눠먹으며 오손도손 이야기하는 모습이 더없이 행복해 보인다. 저 행복은 아마도 공원을 가득 채운 꽃들의 축복을 받아 더 화기애애하다. 부딪칠 듯 넘쳐나는 사람 사이를 비집고 오가면서도 얼굴에 가득 미소가 번지는 걸 보면 이곳에는 아무도 누굴 시비하거나 탓하는 야박한 사람이 있어 보이지 않는다. 저 아름다운 꽃을 즐기는 사람의 마음이 그만큼 너그럽고 순수해 보인다.

뭐니 뭐니 해도 꽃의 절정이라고 볼 수 있는 때는 눈부시게 핀 벚꽃들이 바람에 우수수 낙화할 때가 아닐까. 하얀 꽃잎이 눈송이처럼 휘날릴 때는 나 혼자 걷다가도 저절로 탄성을 자아낼 정도로 감격하지 않을 수 없다. 아름다운 자태를 더 이상 보여 줄 수 없음을 아는 듯 기꺼이 지는 꽃들의 최후이기에 더 가슴에 와닿는 것일까. 아쉽게 지면서도 아름답게 흩뿌리는 그 모습이 영화 속의 한 장면보다 더 연연하다.

철쭉은 벚꽃이 휘날릴 때 벌써 차례를 기다린 듯 꽃봉오리가 터지기 시작하더니 하루가 다르게 공원의 색깔을 화사하게 뒤바꿔 놓는다. 공원뿐만 아니라 온 거리가 철쭉꽃으로 피어나 눈이 현란할 정도로 꽃의 천국이 되어버린다. 하양, 주홍, 연분홍이 조화되어 꽃동산을 이루고 있는 공원이나 아파트 주변을 걷다 보면 꽃향기에 취해 비틀거릴 정도다. 천당보다 더 좋은 곳이 분당이라더니 그 말이 너무 지나치다 생각했는데 그리 틀린 말은 아니다 싶다.

분당에서 제일 아름다운 곳 하면 율동 공원이 아닐까? 나는 매일처럼 그곳으로 운동을 나간다. 나지막한 산이 호수를 둘러싸고 있는 경관이 스위스의 어느 산골 마을을 연상시킬 만큼 무척 아름다워 갈 때마다 이렇게 아름다운 곳이 또 있을까 감탄을 연발하게 된다.

호숫가 산책길에는 민들레, 제비꽃들이 다닥다닥 피어 있다. 누가 씨앗을 뿌리지도 않았을 텐데 있을 만한 자리를 찾아 자생하는 들꽃이 신통해 보인다.

요즘은 철쭉꽃이 제 시절을 만났다. 나는 그 길을 걸으면서 오늘 내가 죽는다 해도 여한이 없을 것 같다. 그 꽃길이 주변 풍경과 어우러져 환상적인 분위기를 연출하면 어느새 나는 행복으로 가득 찬 여인이 되어버린다.

혼자서도 좋지만 가족도 좋고 연인도 좋고 친구도 좋으니 꼭 한번 이 길을 걸어 보라! 호수에 어린 호젓한 풍경을 보면서 걷노라면 노을 빛 고운 석양이나 교교한 달밤이 아니더라도 아, 이곳이 바로 천국이구나 하는 생각을 저절로 하게 될 것이다.

내
이름은

나는 너의 이름들을 불러본다.

네가 막 태어나던 날

7월 열여드레 달빛이 빛나고 있었다지.

아버지는 그 얼굴이 달처럼 환하게 빛이 나

네 이름을 달 월月 이룰 성成이라 지었단다.

아버지의 사랑이 듬뿍 묻어 있었지.

네가 자라서 학교 갈 무렵 아버지는

네 이름을 항상 항恒, 큰 덕德자로 바꾸셨단다.

항상 덕을 베풀며 살라는 깊은 뜻이 담겨 있었지.

너는 잘 자라서 학교 선생님이 되었고 퇴직하는 그날까지

그 이름에 어긋나지 않도록 고이 살아왔지.

너는 명예로운 퇴직을 하고 당당히 시인의 길을 택했어.

못다 한 꿈을 이뤄 보자 했지.

그 이름은 여름 하夏에 그림자 영影이었지.

비로소 네가 원하던 이름을 선생님께서 지어주셨지.

여름날의 시원한 그늘 같은 시를 쓰라는 뜻이었어.

그 이름에 걸맞게 너는 시인이 되고 수필가가 되었지.

더없이 고맙고 자랑스러운 이름이라고 말하고 싶구나.

그 이름을 길이 빛내기 위해서라도

너는 변함없이 그 길을 가야 해.

끝없이 너를 갈고닦아줄 향기로운 문학의 길로.

그 바닷가,
그립다

바다가 그리울 땐 매생이국을 끓인다. 참기름을 두르고 굴을 볶다가 매생이를 덖어 물을 붓고 한 소끔 끓이면 바다 내음이 향긋한 매생이국이 된다. 한 숟갈 떠서 입에 넣으면 나는 40년 전 녹동 앞바다로 속절없이 되돌아간다.

바다가 그리웠다. 수평선 멀리 떠나가는 배를 꿈꾸며 나의 소녀 시절을 가슴앓이 했다. 바다를 보지 못하고 자라서 더욱 그리웠을까 끝없는 수평선을 꿈꾸며 내 꿈은 더욱 커졌다. 꿈도 많았던 스무 살 때, 처음으로 발령장을 받아 쥐고 녹동을 향했다. 그때만 해도 교통이 안 좋은 때라 시골길을 서너 시간씩 버스에 흔들리면서 멀미도 마다않고 그곳에 닿았다. 누가 이 멀고 먼 끄트머리 녹동항으로 가라했는가 반문해 보았다. 내 스스로 그곳을 택했기 때문에 누구를 원망하기보다는 오히려 가슴이 설레고 새로운 세계로 향해 가는 긴장감마저 느껴졌다. 녹동에서 5분만 배를 타면 갈 수 있다는 아름다운 소록도를 말만 듣고 희망지로 써냈던 까닭이다. 그곳에 가서야 알게 되었지만 소록도 초등학교는 초임교사는 주지 않고 조그만 분교였기 때문에 제일 가까운 녹동 초등학교에 배치했다고 한다.

녹동에서 5년간 자취 시절, 아침은 그곳에서 제일 흔하게 나오는 매생이국으로 뚝딱 한 그릇을 비우고 출근했다. 바닷가에 살아보지 않은 사람은 매생이를 잘 모르던 시절이라 나도 그곳에서 처음으로 매생이를 먹어 보았기에 그 바닷가가 그리울 땐 매생이국을 끓여 술술 속을 풀어주며 그리움을 달래보곤 한다.

녹동이라는 바닷가는 남도의 크고 작은 섬들이 가까이 닿아있는 조그만 항구 도시이다. 같은 동기 셋이서 그곳 자취 생활이 시작되었다. 퇴근하면 친구들은 시장에 들러서 저녁 찬거리를 사들고 집으로 오곤 했다. 그중 빠지지 않는 게 매생이, 굴, 꼬막이었다. 하루씩 돌아가며 식사 당번을 했다. 그곳은 유자가 많이 나오는 고장이기에 유자를 사다가 설탕에 재워놓고 저녁이 끝나면 따끈한 유자차 한 잔으로 입가심하고 나와 바닷가 쪽으로 한 바퀴 산책도 하고 불빛이 반짝거리는 상가를 구경하면서 집으로 오곤 했다.

여름엔 수업을 끝내고 반 아이들을 데리고 소록도 초등학교 바로 앞에 있는 해수욕장으로 가서 아이들과 수영을 하며 즐거운 나날을 보내던 적이 엊그제처럼 선명히 떠오른다. 그곳 학부형들은 참 정이 많은 분들이었다. 집안에 무슨 행사가 있으면 우리까지 초대해 잘 대접했다. 김장 때는 한 양동이씩 김치를 담아오기도 했다. 우리가 자취를 해서인지 학부형들은 맛있는 반찬은 물론 콩나물국까지도 나눠주곤 했다. 김이 많이 나는 고장이기 때문에 김은 실컷 먹었던 기억이 난다.

주말이면 소록도 공원으로 나들이를 갔다. 그곳은 나환자촌에 있었기 때문에 신분을 밝히고 드나들었다. 나무들을 그림처럼 예쁘고 단정하게 깎아 아름답게 가꿔놓은 곳이어서 그곳에 들어서면 감탄사를 연발하곤 했다. 가끔씩 나환자분이 눈에 띄면 반갑게 인사를 했다. 가슴이 뭉클하도록 그분들의 모습은 찌그러져 있었지만 우리가 나누는 인사 한마디에 얼굴은 기쁨으로 가득해 천진난만하게 웃으시던 그 모습이 지워지지 않는다. 공원 한구석에 자라 잡은 성모마리아 상 앞에 서면 나도 모르게 두 손 합장하고 간절히 그분들의 평화와 행복을 기구하곤 했다. 나의 사진첩에는 그곳에서 찍었던 사진들이 고스란히 남아있다.

우리는 녹동항에 살면서 소록도를 이웃집처럼 수시로 드나들었다. 방학 때는 배를 타고 이웃 섬인 금산과 나로도까지 놀러나가곤 했다. 녹동항은 도시, 어촌, 농촌이 어우러진 곳으로 생활수준이 높은 편이었다. 웬만하면 아이들도 초등학교를 졸업하면 이웃 도시도 아닌 서울까지 유학시키곤 했다. 지금은 녹동항도 많이 변했다 한다. 소록도까지 대교를 놓아 똑딱선을 타고 다니지 않아도 된다고 하니, 그 옛날처럼 배를 타고 다니던 정서는 찾아볼 수 없게 되었다.

그렇다. 그 푸른 시절, 그 바닷가 검푸른 매생이가 하늘거리는 고장, 녹동이 내겐 제2의 고향이었다. 지금도 잊히지 않고 기억되는 그

시절 보고픈 아이들 이름 한 번씩 불러본다

원희, 현미, 현숙, 성아, 금정, 명희, 정숙…. 생글생글 총명하고 예뻤던 그 아이들도 이젠 어디선가 녹동을 그리워하며 이마에 주름살 하나씩 깊어지고 있겠지.

강인한
생명력,
쑥

봄, 봄… 봄이다! 시대가 변하니 계절도 변하나 보다. 예전 같으면 겨울이 끝나기도 전에 봄이 꿈틀대며 먼저 찾아오더니 지금은 봄인가 하면 여름이고 겨울인가 하면 봄이 왔다고 야단이다.

이젠 새싹도 날씨가 꼼수 부리는 줄 알고 나올까 말까 뜸을 들이고 있다가 이때다 싶으면 겁 없이 예서 제서 올라오기 시작한다. 그중에서도 제일 먼저 봄을 불러온 게 쑥이 아닐까.

며칠 전 아직 겨울인지 봄인지 알 수가 없어 두툼한 잠바 하나 걸치고 공원을 나갔을 때 본 것이 누런 잔디 틈을 비집고 푸릇푸릇 올라온 쑥이었다. 추위를 견디며 겨울 동안 얼마나 바깥세상이 그리웠을까? 하기야 일본 히로시마에 원자폭탄이 떨어졌을 때도 다 말라비틀어진 황폐한 땅에 제일 먼저 싹이 튼 게 쑥이었다고 한다. 그러니 쑥이 얼마나 강인한 생명력을 품고 있는지 알 수 있다.

옛날부터 쑥은 우리 생활에 없어서는 안 될 중요한 먹거리와 약재였다. 명절이나 대사를 치를 때 떡을 빚으려면 쑥은 필수로 들어갔다. 쑥이 들어간 떡과 안 들어간 떡은 먹어 보아야만 그 진가를 말할 수 있을 것이다. 명절 때가 아니라도 어린 쑥을 캐서 쑥버무리도 해먹고 쑥 부침개, 쑥국, 쑥밥도 해먹었다. 가난했던 시절 보릿고개를 넘길 때도 쑥이 큰 몫을 했으리라 생각된다.

성숙한 쑥은 약으로 사용했다. 배가 아플 때나 토사곽란이 일어났을 때 쑥으로 다스렸고 지혈제 역할을 하기도 했다. 시골에서는 밤에 모깃불을 피우는 데도 한 역할을 했다. 마당에 쑥 냄새가 스며 나오는 모깃불을 피워놓고 평상에 누워 아버지가 들려주시는 옛이야기를 들으며 한여름 밤이 깊어가곤 했다.

참쑥은 뜸으로 사용하고 있어 각광을 받고 있다. 몸속에 스며드는 병균을 퇴치하고 면역력을 높이는 데 효과가 크다고 한다. 이렇듯 다양하게 쓰임새가 많은 쑥이다 보니 봄이 되면 지금도 쑥을 뜯으러 나가는 아낙네들이 눈에 많이 띈다.

우리 어렸을 땐 쑥을 많이 뜯어다 말리곤 했던 기억이 난다. 그땐 쑥도 살림 밑천으로 저장했던 것 같다. 요즈음은 어린 쑥을 뜯어 바짝 말리면 쑥차로도 인기가 높다. 쑥차의 그윽한 맛은 마음을 안정시키고 입안에 퍼지는 쑥 향은 온몸에 퍼져 머리가 맑아진다.

쑥국은 어느 나라에서도 찾아볼 수 없는 우리나라 고유의 국으로 '애탕'이라고 불렀다. 새로 돋아난 어린 쑥을 뜯어다 국을 끓이면 잃었던 입맛이 되돌아와 봄철의 입맛을 돋우어주는 미각 식품으론 으뜸이었다. 온 식구가 밥상에 둘러앉아 쑥국 한 그릇씩 뚝딱하던 옛날이 그립다. 그래선지 지금도 우리 집 밥상엔 쑥국이 심심찮게 올라온다. 봄철의 별미라 할 수 있다. 쑥에는 비타민A와 C, 철분이 많아 우리의 건강을 지켜주는 완벽한 식품이라고 할 수 있다.

봄빛이 그리운 계절이다. 음산한 곳에 아직 군더더기로 남아있는 눈이 다 녹고 얼었던 땅이 풀리면 햇볕 따스한 날 친구와 함께 산이나 들로 바구니 옆에 끼고 봄노래 부르며 하루 소풍이나 다녀와야겠다. 어린 쑥 한 바구니 뜯어와 말려두고 가까운 지인이 오면 쑥떡과 함께 향기로운 쑥차 한 잔 대접하련다.

열기와
닫기의
싸움

올여름 땡볕은 유난스러웠다. 우리 집엔 날마다 남편과 문 열고 닫는 싸움이 벌어졌다. 나는 덥다고 방방이 문을 열어젖히느라 바쁘고, 남편은 미세먼지 들어온다고 문 닫느라 바빴다. 집에 있는 날이면 하루에도 수차례 이런 일이 반복되다가 마침내 말싸움이 벌어진다.

나는 더울 때나 답답할 때는 활짝 열라고 있는 문을 왜 닫느냐고 우기고, 남편은 오늘 미세먼지가 나쁘다고 하는데 문 열면 이 먼지를 누가 다 마시겠느냐고 큰소리친다. 그러다 하는 수 없이 문을 닫고 에어컨을 켜거나 선풍기를 돌리고, 공기청정기와 미세먼지 정화기까지 틀어놓기도 하지만 종일 켜놓고만 살 수는 없는 노릇, 남편은 수시로 컴퓨터를 켜고, 미세먼지 오염도를 보면서 조금이라도 나쁘다고 나오면 문을 열지 말라는 금지령을 내린다.

나는 어지간히 참다가 숨이 너무 막히면 금지령에도 불구하고 한소리 들을 각오를 하고 문을 열어 재끼기 일쑤다. 다른 집은 공기 좋은 곳에 전원주택을 지어놓고 살기도 할지언정 아파트 창문도 맘대로 못열게 하느냐고 구시렁대면서 말이다. 남편은 청소도 잘 안 하는 사람이 문 여는 건 왜 그리 좋아하느냐고 아우성이다. 청소는 자기가 도맡아 하기 때문이라지만 싸울 일이 없다 보니까 문 열고 닫는 일로 심심찮게 싸우느라 한여름이 훌쩍 가버렸다.

우리가 살아가면서 매일 하는 일이 열고 닫는 일이다. 물론 옷을 입고 벗는 일, 쓸고 닦는 일, 타고 내리는 일, 먹고 싸는 일…, 많기도 하지만 열고 닫는 일만큼 중요한 일이 또 어디 있을까. 집에선 방방이 문을 열고 닫고 다니고 냉장고, 세탁기도 열면 반드시 닫아야 하고, 뚜껑이 있는 그릇이나 화장품도 마찬가지다.

외출할 때도 엘리베이터나 자동차 문을 열면 닫기 마련이다. 열기만 하고 닫지 않으면 어떻게 될까. 열면 꼭 닫아야 하고, 닫으면 또 열어야 하는 게 우리의 삶이 아닐까. 문을 여는 것은 모든 것을 개방하고 소통하면 발전이 있지만, 문 닫는 것은 폐쇄적이고 단절되고 침체되는 것은 아닐까. 문을 여는 것은 마음을 여는 것과도 일치되지 않을는지. 마음을 꼭 닫아두면 먹통이 되어 답답하고 숨이 막힌다. 마치 문을 꼭 닫아 놓은 것처럼.

남편도 올해 같은 찜통더위에 어찌 문을 열고 싶지 않았을까. 날마다 미세먼지 수치를 봐가면서 보통인 날은 문을 반쯤 열고 나쁜 날은 완전 닫아야 마음을 놓는다. 나는 참을성이 어지간하다고 들어왔는데도 이것만은 참지 못하고 어느새 활짝 열고 만다. 이렇게 우리 부부는 문 여는 재미와 문 닫는 재미로 쏠쏠하게 지겨운 여름을 보냈다.

서로 문 열기만 좋아하면 문 닫는 일은 누가 하겠나. 그런 점을 보완하려고 우린 만나서 결혼을 하고 사는 게 아니겠는가. 서로 부족한 점을 채워주고 어려운 일은 해결해 주고, 필요한 것은 나누면서 알콩달콩 살려고 결혼하지 않았나. 이제 열기만 좋아하던 계절이 꼬리를 감추고 어느새 산들바람 부는 가을이 저만큼 와 있다.

버리지 못한 것
버리고 싶다

　　잘 버리는 사람이 잘 산다고 한다. 잘 버리는 사람이 살림도
잘하고 상황 판단을 잘하여 매사에 현명하게 대처한다. 버리는 것처
럼 쉬운 일이 또 있을까. 쓸모없다 싶으면 과감하게 버리는 사람들이
참 부럽다. 그 쉬운 일을 왜 나는 힘들고 어렵게 생각할까.

　쓸모없는 것도 누구에게는 필요할 것 같아 선뜻 버리지 못하고 모
아두니 살림 못 한다는 소릴 들을 수밖에 없다. 내가 잘 못 버리니 우
리 집엔 대신 버려주는 사람이 있다. 못 버리는 습성을 누구보다 잘 아
는 남편은 나 몰래 잘도 갖다 버린다. 내가 꼭 필요해 남겨둔 것까지
버릴 때도 있어 내가 큰 소리를 낸 적도 있다.

　이사할 땐 맘먹고 버려야지 하고 오래된 책이며 옷이며 그릇이나
살림도구를 모아놓고 차마 버리지 못하고 있을 때 남편이 기다렸다는
듯 대신 버려줄 땐 속이 시원하기도 했지만 왜 내 손으로 직접 버리지
못하는지 모를 일이다. 대대로 물려받은 우리 집안의 내력인지 고쳐

지질 않으니 불치의 병이라고 할 수밖에 없다.

내가 가장 버리고 싶은 걸 뽑으라고 하면 뭐가 있을까. 내가 아직도 버리지 못하는 것은 중, 고, 대학 시절의 일기장과 친구들과 주고 받았던 편지다. 세월만 50여 년이 흘러 누렇게 바래고 찢긴 공책과 편지들을 이사 갈 때마다 짐이 되어 버려야겠다는 생각도 했다. 그러나 지나고 나면 그대로 간직하길 잘했다는 생각을 하게 된다. 가장 버리고도 싶었지만 지금까지 고이 간직하고 있다는 자체가 누구나 할 수 있는 일은 아니다. 어디 가서 지난날이 고스란히 담겨 있는 솔직하고 명확한 자료를 주워올 수 있겠는가. 그 속엔 내가 꿈을 갖고 커가던 소녀 적부터 청년기까지의 나를 다시 찾아볼 수 있는 추억이 아로새겨져 있다. 내가 사귀던 친구들과의 편지 수십 통도 새록새록 잠들어 있다.

언젠간 그것들을 꺼내어 나의 지난날을 펼쳐보고도 싶지만 아직껏 묶인 채 그 누구도 본 적 없이 깊이 수장되어 있다. 가끔은 그걸 꺼내서 태워버려야지 생각도 했지만 버리지 못하는 깊은 병에 걸린 나는 결국 그 일을 해내지 못하고 있다. 오래된 옷이며 책도 이젠 버려야 할 운명에 처했지만 과감히 버리지 못하고 아껴두고 있다.

이번 이사 때도 남편의 성화에 못 이겨 책과 옷, 주방 용기며 오래된 가전제품을 눈 딱 감고 버리고 오기도 했지만 아직도 버리지 못한 것이 또 남아 있다. 함께 오래 살다 보면 내 손끝을 스친 물건들에게 끈끈한 정이 들어서 함부로 버리지 못하는 것일까.

이제 우리는 하나둘 버리는 나이가 들었다고 한다. 쓸데없는 물건을 남겨놓으면 누가 좋다고 하겠는가. 언제 떠날지 모르는 인생인데 가볍게 가려면 쌓아 놓지 말고 버리는 일만 남았다. 하나둘 버리는 습관이 필요하다는 걸 알면서도 쉽게 버리지 못하니 참으로 한심하다.

내가 가장 버리고 싶으면서도 가장 버리지 못하는 것- 나의 학창 시절 일기장과 편지들- 혹 내가 홀연히 이 세상을 떠나버린다면 그걸 누가 지켜주겠는가. 내가 있을 때 그것들을 펼쳐서 한 권의 책으로 만들고 싶은 생각도 해 본 적 있다.

가장 버리고 싶은 것이라고 생각하면서도 가장 버리고 싶지 않은 소중한 것으로 여기고 싶은 이 상반된 마음은 또 무엇일까. 난 아무래도 함부로 버리지 못하는 어쩔 수 없는 불치의 병을 가지고 있는 게 분명하다.

내 기억에서는 아련히 잊혀 가지만 내가 간직한 일기장과 편지 속에는 너무도 선명히 그때의 기억이 저장되어 있다. 지나간 과거는 잊으라 했다. 진즉 다 없애버려야 했는데 이 나이 되도록 간직하고 있으니 버리지 못하는 고질병을 아직도 고치지 못하고 있다.

돌이
웃는
밤

　　한 번은 꼭 보고 싶었던 공연을 보러 길을 나섰다. 길을 물
어물어 차를 몰았다. 저녁 무렵에야 들을 지나 저수지가 올려다 보이
는 마을에 도착했다. 발레리나 홍신자의 공연장이 이렇게 구석진 시
골마을 맨 끝자리에 있으리라곤 상상도 못했다. 마을 입구 빈터에 주
차해 놓고 셔틀 봉고차로 올라갔다.

　해는 저물어 어둑해오는 시간, 어디서 알고 찾아왔는지 많은 사람
이 자리를 채우고 있다. 군데군데 있는 나무 벤치나 돗자리를 깔고 앉
아있는 모습이 한없이 편안해 보인다. 자리를 잡고 앉아서 보니 멀리
내려다보이는 마을이 그림처럼 평화로워 보인다. 노천 무대는 멀리
트인 전망과 맞닿아 마치 이 장소는 이 공연을 위해서 하늘이 내려준
천혜의 장소 같다.

　어둠이 내리는 시간에 맞춰 붉은 황토로 다져진 무대 위에 조명등
이 하나둘 켜지고 무대 위에선 신명 나게 드럼이 연주되기 시작한다.

관객은 숨죽이고 있고 숲속의 나무와 돌까지 침묵으로 지켜보고 있다. 신명나게 두들기던 연주가 막을 내리자 조명이 꺼지면서 어두운 무대 위에서 찌지직 찍찍하는 새 울음소리가 들리기 시작한다. 다시 조명이 하나둘 켜지며 느린 음악이 연주되다가 드디어 흰 저고리와 치마를 두른 맨발의 홍신자가 한 발 한 발 무대 위로 등장한다.

꺼질 듯 가냘프게 이어지던 가락에 맞춰 홍신자의 난해하고 오묘한 안무가 시작된다. 고요와 정적이 끊어질 듯 이어지다가 폭풍처럼 거세게 내동댕이치다가 다시 잦아드는 정적… 무희는 하늘을 향해 실없이 웃음을 토해내다가 흐느끼듯 울어대다가 가슴 꺼질 듯 내뿜는 한숨 소리… 무슨 사연과 한이 저리도 많을까 자신도 모르게 함께 동화되어 울고 웃다가 넋을 잃고 무아지경에 빠져버린 관객… 그것도 모자라 소리꾼의 애끓는 노랫가락이 가슴을 찢는다. 애간장을 녹이던 무희는 날듯 춤을 추다 하늘로 승천했는지 어디론지 사라지고 없다.

밤이 깊어가고 이슬이 내리고 별이 초롱초롱할 때쯤 막이 내린다. 솔솔 풀 향기가 콧속으로 스미고 온몸이 흙 내음에 흠씬 젖을 즈음 밤하늘 별들이 내려다보며 웃는다. 예서 제서 돌들도 웃는다. 시간이 이대로 멈춰버렸으면 하는 황홀한 밤이다.

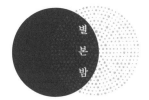

별
본
밤

모래밭에 발자국을 남기며 멀리 수평선을 바라본다. 그동
안 쌓였던 생활의 찌꺼기를 멀리 떠나보내고 새로운 활
력을 불어 넣는다.
　　－「증도, 살아 움직이는 갯벌에 다녀오다」 중에서

4부

내 인생의
홀인원

제주도,
4월의
바다 물빛

4월의 제주도는 바다 물빛이 무척 아름답다고 한다. 그 바다 물빛을 보러 가고 싶다고 친구들은 외국 여행 가기로 한 것을 취소하고 우리나라 남쪽 제주도로 목적지를 정했다. 친구들 모임의 이름은 아리랑이고 11명 중 9명이 함께 가기로 했다. 모임은 오래전부터 시작되어 30년이 넘게 이어져오고 있다. 이번엔 내가 회장을 맡은 관계로 모든 걸 주선해야 했다. 패키지로 갔으면 편했겠지만 모든 걸 미리 예약하느라 미리 신경을 썼다. 섭지코지 쪽에 목조 펜션을 예약하고 항공권도 갈 때 올 때 좋은 시간을 골라 저렴하게 구입하고 12인승 렌터카도 회원 가입하여 싸게 구입하였다.

제주도는 한두 번 안 가 본 친구들이 없겠지만 친구끼리만 가는 여행이어서 마음은 풍선처럼 부풀어 올라 가벼워진 우리의 몸은 비행시간이 너무 짧아 아쉬울 만큼 즐겁기만 했다. 제주에 도착해서 렌터카와 기사를 미리 예약해 놓았기에 기사가 안내하는 식당에 가서 제주의 명품 갈치조림으로 맛있게 뚝딱 한 그릇 치우고 바닷물의 진수를 보여줄 수 있다는 차귀도로 향했다.

　제주에 수차례 왔지만 차귀도는 아무도 간 적이 없었으니 우리들은 들떠 있을 만했다. 1시간 가량 차를 달려 차귀도 가는 포구 쪽에 도착했다. 조그만 통통배가 우릴 기다리고 있었다. 10분이면 닿을 수 있는 차귀도에 선장은 우릴 내려놓고 길이 한 곳뿐이니 정상까지 갔다 내려오면 1시간 정도 걸린다고 했다. 오솔길을 따라 걷노라니 이렇게 한적하고 조용하고 옛 고향처럼 따뜻하게 우릴 반겨주는 듯했다. 바람은 산들산들 불어와 이마의 머리카락과 머플러를 기분 좋게 휘날리게 했다. 비탈진 산길을 따라 오르니 육지에선 흔히 볼 수 없는 나무와 풀들이 눈길을 끌었다. 오랜 세월 비바람에 시달리고 꺾이어 온 흔적이 고스란히 남아 있다. 1970년대까지 7가구가 보리 콩 참외 수박 농사를 지으며 살았다고 하는데 지금은 허물어진 돌담만 남아서 옛 흔적을 보여주고 있다. 돌담의 흔적을 보니 남미 여행 갔을 때 페루의 마추픽추의 돌로 만든 공중 도시가 갑자기 떠오르는 건 왜일까? 지난해 피었던 빛바랜 억새들이 아직 바람에 휩쓸리고 있고 새로 돋아난 원추리 찔레꽃 줄기들이 파랗게 반겨준다. 나이는 이순을 넘긴 우리들이지만 비탈길을 오르는 친구들의 발걸음은 가볍고 상쾌하게 느껴졌다. 아직도 청춘인 듯 내 고향 남쪽 바다 노래가 절로 나오고 떠나가는 배 노래도 흘러나왔다. 나지막한 산 정상에 오르자 친구들의 함성이 멀리멀리 퍼져나갔다. 내려다보이는 바다의 물빛은 쪽빛으로 출렁거리며 다가왔다. 맞다, 우린 이 4월의 바다 물빛을 보러 차귀도까지 온 게 아닌가! 저 청순한 자연의 물빛, 잔잔한 파도를 일으키며 넘실거리는 저 물빛을 보니 지금까지 살아온 날들이 꿈처럼 아득해지고 지금 이 시간이 나의 최고의 순간이 아닌가 하는 생각을 해본다. 이 자리에 이렇게 설 수 있게 해준 모든 사람에게 진정 고맙다는 생각도 해본다. 멀리 바다를 보며 친구들은 모두 소원 한 가지씩 빌기도 했을 것이다. 정상에 오른 친구들의 얼굴은 기쁨으로 싱그럽게 물들어 있고, 아름다운 주위 풍광에 취해 제정신이 아닌 듯 모두 학창시절로 되돌아간 듯했다. 친구들은 사정이 있어 못 온 2명의 친구가 마음에 걸렸지만 이 순간이 딱 멈춰있으면 좋겠다고도 했다.

정상에 빙 둘러서서 친구들은 가곡을 부르다가 나중엔 트로트까지 합창하니 모두 가수 같았다. 우리들만 있어서 마음 놓고 한바탕 아리랑 춤을 추며 이곳에 온 발자국을 남겼다. 멀리 내려다보이는 제주의 아름다운 모습을 머리에 각인하고 산을 내려오면서 이곳에 만약 나 홀로 남아 밤을 맞이한다면 어떨지 생각하니 절로 눈물이 감돌았다. 아무도 없는 무인도에 달이 뜨고 별이 쏟아질 듯 반짝이고 산새 울음소리만 적막하게 들린다면 황홀할까 외로울까 잠시 생각에 잠겼다. 아무래도 너무 외로워서 무서울 것 같다는 생각이 든다. 그래서 사람들은 가족을 이루고 친구와 모임을 갖고 살지 않을까 하는 생각까지 해본다.

선창가로 내려오니 배는 포구에 사람들을 실어다 주고 다시 이곳으로 오고 있다. 선창가에는 몇몇 아주머니와 아저씨가 바다 위에 떠 있는 해초를 거두고 있었는데 알고 보니 그게 바로 톳이라는 해초다. 이 것을 거두어다 말려서 팔기도 하면 쏠쏠하게 돈을 벌 수 있다고, 부지런하기만 하면 바닷가 사람들은 얼마든지 잘 살아갈 수 있다고 했다.

　이제 배를 타고 섬 한 바퀴를 돌아볼 시간이다. 이 섬은 세계 지질공원의 하나로 천연보호 구역이라 한다. 왼쪽은 지질이섬과 죽도, 오른쪽은 와도로 3개의 섬이 어우러져 있다. 옛날 중국 호종단이 제주에서 중국에 대항할 큰 인물이 나올 것을 우려하여 제주의 지맥과 수맥을 끊고 중국으로 돌아가려 할 때 한라산의 수호신이 매로 변하여 갑자기 폭풍을 일으켜 배가 침몰하여 돌아가는 것을 막았다고 하여 차귀도라고 부르게 되었다고 한다. 출렁이는 배를 타고 돌아보는 차귀도의 모습은 마치 매가 날아가는 듯한 모습을 보여준다. 본섬과 쌍둥이 바위 사이로 보이는 것이 장군바위 그 뒤로 지질이섬이 나타나고 고산리 주민이 손수 만들었다는 등대도 보인다. 무인 등대로 1957년 빛을 발하기 시작해 지금까지 어둠을 감지하고 자동으로 빛을 발한다고 하니 놀랍기만 하다.

　장군바위는 설문대 할망이 500명의 아들을 두었는데 그중 막내아들 바위를 장군바위라고 불렀다고 한다. 범바위를 뒤쪽에서 바라보면 병풍처럼 보여 병풍바위라고도 한다. 이 범바위와 독수리바위가 합해져 지질이섬이 되었다고 한다. 와도는 가마우치의 집단 서식지로 배설물이 오래 쌓여 바위 위가 하얗게 보이는 게 마치 눈이 쌓인 것 같은 착각이 들게 한다. 저 기기묘묘한 작품들은 분명 조물주가 아니고 서는 어찌 만들었을까 새삼 감탄을 하지 않을 수 없다.

이제 이곳을 떠나야 할 시간이다. 1시간 후면 노을이 질 텐데 노을 진 바다를 못 보고 가야 하다니 못내 아쉽기만 하다. 사진을 찍는 사람들은 일부러 차귀도의 노을을 찍으러 이곳으로 발길을 돌린다는데 이 아름다운 섬을 떠나려니 만감이 교차한다. 누가 너희들은 돌아가지 말라 하고 차단령을 내려주었으면 좋겠다. 하지만 아직도 3박 3일의 날들이 우릴 기다리고 있다. 느긋한 마음으로 편하고 자유롭게 힐링하며 천천히 발길 닿는 대로 올레길과 제주의 명소를 둘러볼 예정이다.

신두리 해안
모래언덕

　그곳에 가고 싶었다. 우리나라에 만년이 넘는 사구가 끝없이 펼쳐져 있다고 해서 찾아온 곳, 신두리 사구 천연기념물 431호 사구의 길이는 3.5킬로 최대 폭은 1.3킬로에 이른다. 우리나라에도 이렇게 길고 넓은 모래언덕이 있다는 걸 처음 알았다. 사구는 단순히 모래만 쌓여 있는 곳이 아니라 해안과 마을을 경계해 주는 공간의 역할, 바다와 농경지를 구분해 주는 역할뿐 아니라 동식물의 서식 공간이 되기도 하고 지하수를 저장해 주는 공간의 역할을 톡톡히 해내고 있다고 한다.

　모래언덕에는 해당화 숲이 길게 펼쳐져 있고 붉은 꽃들이 바람에 하늘거리며 향기를 덤으로 실어 오고 있다. 바닷가에 가야 만날 수 있는 반가운 해당화에 얼굴을 묻고 사진 몇 장을 찰칵, 넓게 펼쳐진 모래밭과 모래 언덕들을 바라보니 가슴이 툭 트이는 것 같다. 군데군데 해맑게 피어있는 해당화 무리가 더없이 청초해 보인다. 아마도 수천

년 전엔 이곳도 바다였으리라 그래서 이렇게 크고 작은 모래언덕이 넓게 남아 있을 것이다. 가장 높은 모래언덕은 19미터를 정점으로 좌우로 끝없이 펼쳐져 장관을 이루고 있다.

모래언덕을 걷다 보면 모래땅을 뒤덮고 있는 순비기나무를 볼 수 있다. 거기에는 순비기 언덕이라는 푯말이 붙어 있다. 순비기나무는 바닷가의 모래나 자갈 바위 등 건조하고 바람이 잘 통한 데서 자란다고 한다. 모래 위에 작게 엎드린 순비기나무가 뒤덮여 있는 걸 보면 생명력이 강한 의지의 나무로 보인다. 순비기나무 언덕을 지나 내려가다 보면 해안 뒤편 소나무 숲이 방풍림을 이루고 있는 탐방로가 나온다. 솔향이 코끝을 스미는 그곳은 소나무 숲길이라 그늘지고 시원하다. 숲길을 따라 한참을 걸으면 고라니 숲이 나오고 모래 속에 찍힌 고라니의 발자국을 볼 수 있다. 그다음은 곰솔 생태숲이 나온다. 곰솔은 해송이라고도 하고 흑송이라고 부르기도 한다. 곰솔은 태풍이나 해일 등의 자연재해를 막아준다고 한다. 나무껍질이 검은색을 띠고 있어 강인해 보인다.

느릿느릿 한참을 걷다 보니 작은 별똥재라는 안내판이 나온다. 오래전 운석이 떨어진 모래밭에 움푹 파인 둥글고 큰 구덩이를 볼 수 있어 신기하다. 이렇게 큰 운석이 떨어진 흔적이 남아 있다니 오랜 세월 속에 내가 서 있음이 실감 난다.

마지막으로 억새골이 나온다. 억새가 있다는 것은 모래땅에 유기물이 섞여진 토양으로 변해서라고 한다. 가을에 오면 하늘하늘 춤추는 억새가 장관일 것 같다. 억새골은 봉준호 감독의 영화 〈마더〉에서 김혜자가 춤을 추는 멋진 장면으로도 유명하다고 하니 가을에도 꼭 다시 와 보고 싶은 곳이다.

코로나로 집콕하고 있다가 오랜만에 나와서일까 신두리 해안 사구가 나의 숨통을 트이게 한 고마운 장소이자 오랜 세월의 변화를 느끼게 한 아주 특별한 명소로 남게 되었다.

신비의 섬,
전설의섬
거문도, 백도

　어렸을 때부터 바다는 나의 유토피아였다. 바다와 접할 기회가 없어서였을까? 끝없이 바다를 꿈꾸며 동경했다. 중학교 때 처음 썼던 장편 소설 제목이 「노을 진 언덕에 수평선은 멀다」였다. 외딴 바닷가에 사는 어느 소녀의 슬픈 이야기였다. 바닷가에 살아본 적은 없지만 바다를 동경한 나머지 그런 소설을 쓰게 되었던 것 같다. 내가 대학을 나와 첫 발령지를 고흥 녹동으로 받은 까닭도 그곳에서 배를 타고 가면 10분 거리에 있는 소록도를 희망했기 때문이다.

　녹동에 근무하게 되면서부터 목마르게 그리워하던 바다는 늘 내 곁에 가까이 있게 되었다. 그 주변 섬은 날 오라 부르는 것만 같아 곧잘 소록도와 나로도까지 둘러보게 되었고 방학 때면 그곳에서 가까이 있는 여수를 여행 삼아 다녀오기도 했다. 그때만 해도 여수하면 여름엔 모래가 검다는 만성리 해수욕장이 유명하여 그곳을 찾곤 했다. 겨울엔 동백꽃이 붉게 타오르는 오동도도 몇 번씩 다녀가곤 했다. 너무나 아름답고 포근한 섬임에는 두말할 여지가 없다. 남도의 미항이고 크고 작은 365개의 섬이 자리하고 있다는 곳이어선지 갔다 오면 또 가고 싶은 곳이 여수였다.

그곳에 가면 고향처럼 포근하고 정겨웠다. 뭔가 활기가 넘치고 자유롭고 풍요로워 보였다. 또 그곳에 가면 빠지지 않고 가보는 곳이 돌산에 있는 향일암이다. 갈 때마다 감탄사를 연발한다. 어쩌면 그 옛날에 이렇게 가파른 낭떠러지 위에 금방 바다로 떨어질 것처럼 아슬아슬하게 이런 절을 지을 수 있었을까? 엄청나게 큰 바위와 바위 사이를 길로 뚫어 이런 엄숙한 도량을 만들 수 있었을까?

원효대사의 신통한 능력 없이는 불가능했을 것 같았다. 그곳에 가면 나도 모르게 마음이 경건해지며 법당 앞에 합장하고 머리를 숙이게 된다. 우리나라 4대 관음 기도처 중 하나로 손꼽히고 있는 까닭도 이 때문일 것이다. 아슬아슬한 낭떠러지 위에서 바라보는 일출의 광경은 신비하고 장엄하기 그지없다.

여수를 여러 번 드나들었지만 정작 가보고 싶은 곳을 못 갔었다. 몇 번이나 기회를 놓친 천혜의 비경 거문도와 백도이다. 뱃길 따라 삼백리를 가야 한다는 다도해 해상 국립공원이다. 배를 타고 몇 시간이나 가야 하기 때문에 쉽사리 가볼 수 없었다. 그래서 몇 년 전 단단히 마음을 다져 잡고 몇몇 친구들과 다녀오기로 작정하였다.

일찍 떠나야 하기 때문에 여수에서 하룻밤을 자고 다음날 아침 첫 배로 출항했다. 두 시간 반 만에 거문도에 도착했다. 푸른 바다를 향해서 거친 파도를 타고 끝없이 가다 보니 멀미까지 하는 친구도 있었다.

힘들게 도착했지만 다시 백도 가는 유람선으로 갈아타야 했다. 두 시간가량을 더 가야 한다니 보통 일이 아니었다. 정말 가도 가도 끝없이 파도만 밀려오는 바다를 바라보며 기진맥진하기 직전이었다. 그 순간 바다 한가운데 우뚝 솟은 절경이 갑자기 하얗게 솟아오른 신비한 성처럼 나타났다. 세계 여러 나라를 다녀봤지만 이렇게 아름다운 섬은 처음 보는 절경이다. 사람들은 갑판으로 나가 모두 환호성을 울렸다. 어쩌면 이 망망대해에 이토록 아름다운 천혜의 비경을 세워놓으셨을까! 신이 아니면 감히 엄두도 못 낼 대자연의 비경이었다.

유람선의 선장은 상백도와 하백도를 40여 분 동안 한 바퀴 돌며 백도의 자랑을 늘어놓는다. 상백도는 수직 절벽으로 가파르게 이루어져 있고 하얀 등대가 높이 솟아 섬을 지켜주고 있다. 야생초들이 많이 자라고 있으며 천연기념물 흑비둘기와 가마우지, 휘파람새 등 30여 종의 희귀종이 서식하고 있다 한다. 풍란, 석곡, 후박나무, 동백 등 아열대 식물들이 353종에 이르며 70여 종의 해양 식물이 서식하고 있는 생태계의 보고라고 한다. 또 옥황상제의 아들이 용왕의 딸과 눈이 맞아 매를 잡고 놀다가 벌을 받았다는 매 바위는 천연기념물 323호로 지정되어 이 섬의 전설을 말해주고 있다. 하백도는 주로 계단식 수직 절벽으로 되어 있고 지반의 주기적 솟구침에 의해 형성되었다 한다. 섬 꼭대기에 있는 홍백색 돌기둥 사이로 푸른 상수림 나무들이 퍼져 있어 절경을 연출하고 있다. 정말 아쉬운 건 백도에 발을 딛지 못하고 뱃머리를 돌려야 했다. 사람이 들어가면 섬을 훼손할 우려가 있기 때문이라고 한다. 바다 한가운데 백도를 남겨 두고 우리는 섬이 보이지 않을 때까지 다시는 올 수 없을 거라는 생각을 하면서 손을 흔들었다.

유람선은 다시 거문도에 도착했다. 이젠 거문도를 돌아볼 예정이다. 거문도에는 신지께라는 인어 이야기가 전해 내려오고 있다 한다. 그곳에는 천 년 묵은 은갈치가 살고 있었는데 그 은갈치의 소원은 단 하루라도 뭍에서 살아보는 것이었다. 남해 용왕을 찾아가 소원을 빌었더니 물속에서 사람과 똑같이 행동을 100년만 하면 된다고 했다. 그래서 잠잘 때는 사람처럼 눈을 감고 자고, 아가미 대신 코로 숨 쉬고, 지느러미 대신 꼬리로 걸어 다니고, 먹는 것은 미역만 먹었다.

그러다 50년이 지나던 해에 위기가 닥쳐 바다가 갈라지는 바람에 실눈을 뜨지 않을 수 없었다. 그러는 바람에 은갈치는 반은 사람이고 반은 고기의 모습으로 남게 되어 인어가 되고 말았다는 전설이다. 머리를 풀어 헤치고 신지께가 나타나면 어부들은 고기잡이를 포기하고 집으로 돌아가곤 했다. 이를 무시하고 나가면 큰 바람을 만나 피해를 보게 되었다. 날씨가 궂은 날에는 돌을 던지거나 휘파람을 불면서 노래를 해 미연에 화를 방지했다고 하니 믿거나 말거나 거문도의 수호신 역할을 톡톡히 해낸 셈이다.

이곳에는 거문도 등대와 녹산 등대가 있는데 우리나라에서 두 번째로 밝혀진 등대라고 한다. 우리는 거문도 등대를 보기 위해 작은 배를 타고 잠시 이동해서 동백숲길을 올랐다. 1킬로가량 올라갔더니 동백숲길에 동백나무가 하늘이 보이지 않을 만큼 울창하게 우거져 있어 더위를 식혀주었다. 잠깐씩 우측으로 내려다보이는 바다는 낭떠러지 저 아래 시퍼렇게 찰랑대며 하얀 물거품을 쏟아내고 있다. 동백꽃을 보지 못한 게 서운했지만 그곳을 빠져나오자 산 끄트머리에 33미터의 거대한 탑이 보이고 그 옆에 백도를 전망할 수 있는 관백정이 자리하고 있다. 거기서 내려다보는 전망이 가슴이 뻥 뚫리도록 시원한 경관이었다. 이곳에 온 보람과 희열을 느끼는 순간이었다.

마지막 배로 우리 일행은 여수로 돌아가야 했다. 그곳에 숙소를 정해놓고 왔기 때문이다. 하루 왔다 가기엔 다소 무리였지만 여수에 돌아왔을 땐 어둑어둑한 저녁이었다. 배를 9시간쯤 탔으니 나이를 더 먹으면 다시는 오기 힘들다는 것을 깨달았다. 다행히 비가 오거나 풍랑이 심하지 않고 무사히 다녀올 수 있어서 기뻤다.

그러나 기회가 된다면 또 가보고 싶은 곳이 거문도, 백도임을 어찌하랴. 거친 파도와 바람이 길을 내어주어야 가고, 안개와 구름이 허락해야만 카메라를 찍을 수 있는 곳, 신비의 전설이 깃든 그곳에 또 한 번 가고 싶다.

외로운 섬 백도

끝없이 파도를 타고

험한 뱃길에 실려 왔다

바다 한가운데 우뚝 솟은

외로운 섬 백도

험한 파도도 마다 않고

그곳을 지켜온 지 수수만년

뾰족뾰족 바위마다 전설을 품고

청청대해 바라보며 누굴 기다렸을까

바위섬 골짜기마다

세월의 주름살 두껍게 이고

허구한 날 성난 파도 소리에

그만 귀도 먹었겠다

끼억거리는 갈매기 울음소리에도

벙어리 된 채 멍히 수평선만 바라보다

그만 망부석이 되었겠다

호반의 도시
코모 호수를
유람하다

알프스산맥이 이어지는 길을 따라 버스는 속도를 맞추며 달리고 있다. 산꼭대기는 흰 눈이 덮여있기도 하고 산봉우리마다 아름다운 경관을 자랑하고 있어 창밖으로 시선을 떼지 못한다. 곳곳에서 흘러내리는 폭포가 모여서 강줄기를 이루었는지 넓은 강을 따라 평화로운 마을들이 그림처럼 이어지고 있다.

끝없이 펼쳐지는 아름다운 풍경을 따라 30여 분을 내려오니 마침내 넓은 호수가 펼쳐지고 있다. 이곳이 이탈리아에서 세 번째로 큰 코모 호수라 한다. 스위스와 북이탈리아에 위치한 Y자 형태의 호수로 유럽 여러 나라의 호수들 중에 가장 수심이 깊다고 하니 오랜 세월 동안 숱한 역사를 끌어안고 있을 것이다. 호수 입구에 이르니 물이 도로까지 찰랑찰랑 넘치고 있었다. 이게 웬일인가 했더니 이 지방에 일주일 전에 홍수가 나서 아직 물이 덜 빠진 상태라고 한다. 얼마 전 프랑스 대통령이 물난리를 피해 다른 곳으로 이동했다는 소식을 들은 적이 있있는데 정말 이곳에 와보니 이곳 상가들도 물속에 잠겼다고 한다. 도로에 물이 아직도 찰방거리니 범람 지대였음이 실감이 난다.

다행히 오늘부터 유람선을 타고 관광할 수 있다니 너무나 좋았다. 통통거리는 유람선을 타고 푸른 물살을 가르며 속도를 내니 시원한 바람과 튀어 오르는 물살이 몹시 시원하고 호수만큼이나 푸른 하늘에 피어오르는 흰 구름 조각까지 빼놓아서는 안 될 멋진 풍경화다. 넓고 깊은 호수를 둘러싼 알프스 산자락 아래 그림 같은 저택들이 영화 속의 장면처럼 다가온다.

여기저기 감탄사의 연발이 폭죽처럼 터진다. 스마트폰과 카메라도 쉴 새 없이 풍경을 찍느라 정신없다. 가이드는 가까이 보이는 별장들을 가리키며 소피아 로렌의 별장, 베르사체의 별장 하며 소리친다. 저렇게 아름다운 곳에서 호수를 내려다보며 파티도 하고 휴가를 보낼 수 있다니 최상의 행복을 누리고 살지 싶다. 높은 산 중턱에 있는 집들이 더 비싼 집이라고 한다. 호수 가까이 있는 집들과 어우러져 멋진 장관들을 연출하고 있다.

휴가철이 아니더라도 이곳을 찾는 사람들은 일상에서 누릴 수 없는 특별한 삶의 에너지를 충전시키고 여유로운 행복을 만끽하고 생활의 터전으로 돌아갈 것이다. 유람선은 호수가 넓어서 끝까지 가지 못하고 반대쪽으로 기수를 돌린다. 다시 멀어져 가는 그림 같은 풍경을 눈에 담아두면서 언제 이곳에 또 올 수 있을까 하는 아쉬운 마음을 남겨두었다. 이곳에서 곤돌라를 타고 산 정상까지 올라가서 호수 풍경을 내려다보는 코스도 있었지만 우린 유람선 타는 걸로 만족해야 했다. 배에서 내려 호수 주변 노천 카페에 앉아 호수에 취했던 정신을 가다듬으며 후배와 정답게 카푸치노 한 잔을 마시노라니 이 잠깐의 휴식이 세상 어느 것보다 달콤한 행복의 순간이었다.

호수를 뒤로하고 주변 골목으로 들어서면 운치가 느껴지는 구시가지의 모습이 펼쳐진다. 오래된 조그만 상점들이 즐비하고 가게마다 실크 제품의 옷들이 진열되어 있다. 이곳은 유럽의 실크 80%가 생산될 정도로 유명해서 스카프나 넥타이, 셔츠까지 실크의 감촉과 디자인들이 세련되고 멋지다고 한다.

평화로운 호수 마을에서 좀 더 머무르고 싶은 생각을 뒤로하고 코모 호수와 작별의 손을 흔들었다. 이젠 로미오와 줄리엣의 도시 베로나를 향해서 떠나야 할 시간이다.

티타카카
호수의
토토라 섬

　　세계에서 가장 높은 지대에 있는 티티카카 호수로 이동하는 날이다. 리마에서 푸노행 비행기를 탔다. 비행기는 훌리아까 공항에 잠시 내려 손님을 내려주고 다시 푸노로 향했다. 하늘은 잔뜩 구름으로 덮여 있다. 구름 사이로 내려다보이는 곳은 모래산, 모래벌판이 아닌 연녹색의 평야가 넓게 펼쳐져 있고 호수를 둘러싼 마을이 형성되어 있다. 며칠 동안 긴 사막 여행에 지쳐 있던 우리에겐 아주 새로운 풍경이다. 바짝 메마른 사막이 아닌 촉촉이 젖어있는 땅, 마치 봄이 파릇파릇 움터오는 평야처럼 보이는 게 신기하였다. 때론 구름이 걷혀 있는 산봉우리 위에 흰 눈이 쌓여 반짝이고 있는 풍경이 내려다보일 때는 절로 탄성을 지르지 않을 수 없었다. 안데스산맥으로 이어진 돌산과 모래벌판으로 이어진 사막을 지나왔기에 이 고원 지대에 이렇게 넓은 초원이 있으리라고는 상상도 못했기 때문이다.

　　푸노에 도착하여 공항을 나올 때는 이곳 주민들이 악기를 연주하며 노래를 불러주는데 그 목소리가 어찌나 낭랑하고 아름다운지 발길이 떨어지지 않았다. 작은 키에 통통해 보이는 검은 피부의 아가씨들이 알파카 스웨터를 들고 우리의 발길을 붙잡기도 했다.

가이드는 시간이 될 것 같다고 시유스티나 유적지로 한 40분간 버스를 타고 달려갔다. 날씨가 너무 추워 트렁크에서 겨울 잠바를 꺼내 입고도 덜덜 떨었다. 가는 길은 아주 시골길로 조그만 집들이 길가에 한두 채씩 보이는데 집의 모양이 아주 오래되어 색다른 풍경이었다.

사유스티나는 돌로 쌓아올린 공동묘지이다. 언덕에 돌탑을 쌓고 맨 밑에는 시신을 넣어두는 돌문이 네모지게 뚫려 있었다. 제일 높게 쌓아놓은 무덤이 마을의 촌장일 거라고 한다. 언덕에 있는 돌무덤을 다 둘러보다 보니 금방 해가 저물고 어스름이 밀려와 온몸에 으스스 소름이 돋았다. 서둘러 그곳을 빠져나와 호텔로 가는 길은 어두워져 주변이 보이지 않았다. 이곳에도 저녁이 되자 전등불이 여기저기 피어났다. 파랗게 깜박이는 불빛이 먼 이국의 분위기를 발산하며 갑자기 고국 생각이 나기도 했다.

호텔에 도착하였을 때는 피곤이 겹치고 긴장된 마음이 풀리자 어지러워 토할 것 같고, 발에 힘이 없어 쓰러질 것 같았다. 3,825m의 고원지대여서 그런지 약을 미리 먹었는데도 무척 불안하였다. 저녁을 대충 먹고 방에 들어갔는데 남편은 너무 머리가 아파서 도저히 참을 수가 없다고 가이드에게 이야기했더니 직원이 산소통을 들고 와서 산소호흡기를 꽂아주었다. 몇 분도 안 돼서 토할 것 같다고 산소기를 뽑고 화장실로 가더니 막 토해냈다. 얼마나 쏟았는지 겨우 진정이 되어 가까스로 잠이 들 수 있었다. 고산병이 무섭다더니 이렇게 당하고 보니 정말 실감이 났다.

아침에도 다른 방 일행이 못 일어나고 산소 호흡기를 꼽고 있다가 호텔 나설 때야 뽑았다. 모두들 어지럽고 메스꺼운 증세가 있었으나 꾹 참고 버스를 탔다. 우리가 그렇게 가고 싶어 했던 티티카카 호수로 가기 위해서다.

날씨는 흐려 한 방울씩 비가 뿌렸지만 멀리 넓은 호수가 보였다. 가장 높은 곳에 위치한 가장 긴 호수로 기네스북에 올라 있다고 한다. 이 호수에는 페루와 볼리비아 쪽에서 흘러든 250개의 강물이 모인다. 안데스산맥에서 흘러내리는 물은 90%는 자연 증발하고 10% 정도만 남는다고 한다. 아주 옛날에는 이 호수가 바다였을 거라는 추측하게 되는데 지금도 조개와 바다에서 사는 고기를 볼 수 있고 물에는 염기가 약간 느껴지기 때문이라 한다. 가장 깊은 곳은 274m나 되고 면적은 8,135km나 되어 남아메리카 최대의 담수호라고 한다.

아침에 보는 티티카카(퓨마의 바위라는 뜻) 호수의 물빛이 너무 아름답다. 청록빛 호수 위로 우리가 탄 조그만 배가 소리 없이 미끄러지고 있다. 호수 군데군데 갈대 종류인 토토라가 자라고 있다. 물빛이 녹빛이어서 물속에는 여러 어종들이 풍어를 이루고 있을 것 같다. 연녹색 개구리밥이 호수 위에 잔잔히 떠있다. 토토라 숲 사이사이를 주민들이 탄 조그만 쪽배들이 소리 없이 돌고 있다. 마을 쪽 호수 위에는 토토라로 지어놓은 천막들이 한가로이 떠있다. 토토라는 이 섬의 원

주민인 인디언이 살아가는 데 없어서는 안 될 필수품이다. 생활의 터전이 되고 도구가 되기 때문이다. 물을 정화하는 기능을 갖고 있어 호수의 물이 깨끗이 유지되고, 약 2m 정도의 뿌리를 4뭉치로 세워 끈으로 묶고 긴 밧줄에 달아 호숫가에 묶어 놓으면 그게 섬이 된다고 한다. 원주민들은 그 섬 위에 토토라를 엮어 천막을 치고 그들의 삶을 영위하고 있다. 스페인이 그곳을 침략했을 당시 원주민들은 노예 생활을 견디지 못하고 이곳 섬으로 숨어들어 살게 되었는데 아직도 이들은 그곳을 뜨지 못하고 살고 있는 것이다. 그들은 토토라의 끝부분을 단수수처럼 빨아먹기도 하고, 꽃을 차로 만들어 물물교환을 하기도 하고, 대는 말려 실을 뽑아 천을 만들고 수를 놓아 민예품을 만들어 팔기도 한다.

우리 일행들은 그 섬 중에 하나를 택해 올라갔다. 열댓 명 정도의 주민들이 화사하게 차려입고 우리를 맞이했다. 머리를 길게 땋아 털로 만든 방울을 달고, 옷은 그들 고유의 블라우스와 스커트를 빨강, 노랑, 초록의 원색으로 차려 입고, 생김새는 어쩌면 모두가 비슷비슷한지 한 가족처럼 구별하기 어려웠다. 모두들 키가 작고 몸집이 통통한 것은 이 좁은 공간에서 살기 때문에 운동이 부족해서라고 한다.

어린 아기부터 어른까지 모여서 모두 입을 맞춰 환영하는 노래를 몇 곡 불렀다. 낭랑한 목소리로 맨 나중에는 우리말로 아리랑까지 곧잘 불렀다. 우리 일행들은 박수를 치며 순박한 그들의 모습에 감동했고 안쓰러워 눈물을 적시기까지 했다. 그들과 기념사진을 찍고 아기를 꼭 안아주기도 했다. 누군가 모자에 돈을 걸어 건네주고 그들이 파는 기념품을 한 가지씩 사주었다.

그곳에는 천막이 너덧 개 있었는데 한곳을 들여다보았더니 토토라로 만든 침대가 한구석에 있고 옷가지가 걸려있는 빨랫줄도 보였다. 천막 밖에는 돌멩이를 세워 솥단지를 걸어놓고 찌그러진 그릇들이 몇개 늘어져 있는 게 부엌인 듯했다. 구석진 곳에는 썩은 뿌리 위에다 감자를 심어 수입을 벌어들이기도 하고, 군데군데 관광객을 위해 손수 만든 물건들을 진열해 놓고 파는 것이 그들의 생활 수단이 되는 것 같다. 그들은 하루에 벌어들인 돈을 저녁에는 모두 모아서 똑같이 나누어 갖는다고 한다. 겨우 생활을 유지할 수 있는 원시적인 삶을 살아가고 있었다.

가이드는 올 적마다 그들에게 필요한 쌀이나 빵 같은 것을 한 보따리씩 사다 주고 간다고 한다. 너무나도 순박해 보이는 그들이 불쌍하기도 했지만 어찌 보면 그 생활에 길들여져 거기에 만족하며 살아가는지도 모른다. 손을 흔들며 다시 배에 올라탈 때도 또 한 번 눈물이 핑 돌았다. 나날이 변해가는 문화생활을 뒤로하고 아직도 원시생활을 영위해 가는 그들이 안타깝기도 하고 한편으론 안쓰럽기도 하였다.

호수 위로 물새, 물오리들이 깃을 치며 수없이 날아오른다. 비가 부슬부슬 뿌리니 이곳의 조용하고 평화로운 정취가 여행자들의 마음을 촉촉이 적셔준다. 호수 멀리 아기자기한 마을이 형성되어 있어 한결 멋진 풍경을 연출해 주고 배는 일행들을 태우고 다음 목적지로 소리 없이 미끄러진다.

증도,
살아 움직이는
갯벌에 다녀오다

　　올여름 우연찮게 남도에 갈 기회가 마련되었다. 내 고향이 남쪽인데도 그쪽으로 놀러 갈 기회가 별로 없었는데 이번 여름은 뜻밖에 그쪽으로 길이 트였다.

　KTX를 타고 목포행 열차를 타게 된 것- 사실 열차 타본 지도 꽤 오래전 일이다. 더군다나 KTX는 처음으로 타게 된 셈이니 마음이 설렘은 당연하다. 대학 동창들과 떠나는 여행이어서 그런지 어머니, 할머니 모습은 보이지 않고 학창 시절 까불던 모습들이 되살아나 마냥 웃음보따리가 쏟아진다. 차창 밖으로 보이는 초록빛 풍경이 시원시원 스쳐간다. 마치 수학여행을 떠나는 학생들인 양 이야기꽃을 피우는 동안 어느새 목포에 도착했다. 회장 시동생 되는 분이 렌터카와 기사를 데리고 와 점심 먹을 장소로 안내했다. 민어회를 푸짐하게 먹고 얼큰한 매운탕 맛 또한 일품이었다. 역시 남도의 맛이 최고라고 입을 모았다.

오랜만에 유달산 한 바퀴를 돌고 해남 대흥사 쪽으로 차를 몰았다. 도로가 잘 다듬어져 있는데 차량은 거의 보이지 않는 시골길을 굽이 돌며 신나게 달렸다.

　해남이 고향인 친구가 둘이나 있어 가다가 저기가 우리 집이었다고 이야기하고, 한참 오니까 한 친구는 저 초등학교가 내가 다닌 학교였다고 했다. 지금은 모두 떠나온 지 오래되어 오랜만에 찾아온 감회가 큰지 지난 이야기들로 꽃을 피운다.

　대흥사 입구에서 표를 끊으려고 하는데 바로 매표소 직원이 한 친구와 초등학교 친구라고 하며 반가워하더니 우리가 탄 차를 그냥 보내주어 그 재미도 쏠쏠하였다. 대흥사는 잠시 입구만 돌아보고 나와 두륜산에 가기로 했다. 케이블카를 타고 오르는데 주변 산세가 어찌나 가파르던지 다 올라와서 멀리 전망을 내려다보니 첩첩이 둘러싸여 있고 굽이굽이 골짜기들 사이로 구름이 연기처럼 피어오르고 있다. 잘 다듬어 만든 계단을 따라 정상까지 오르면서 친구들은 신바람이 났는지 야호를 목청껏 외쳤다. 기묘한 산세를 내려다보며 기를 듬뿍 얻어가지고 내려왔다.

　오는 길에 해남에서 가장 오래되었다는 유명한 식당으로 갔다. 한참 기다리다 나온 밥상은 자그마치 반찬이 30가지는 넘을 만큼 떡 벌어지게 차려져 있었다. 마치 옛날 고향에서 먹던 그런 깊이가 있는 맛이어서 고향 생각을 다시 한번 불러 일으켰다. 밤 7시쯤 다시 목포로 나와 우리의 목적지인 증도로 차를 몰았다. 사실 증도는 나도 처음 듣는 섬 이름이어서 기대가 컸다. 달리다 보니 밤이 되어 멀리 깜박이는 불빛들이 동화나라처럼 신비로워 보인다. 망운, 해제를 지나 증도로 가는 조그만 포구에 도착하니 9시쯤 되었다. 10시에 막배가 기다리고 있어 한참을 기다리다가 배가 출발한 지 15분 만에 증도에 도착했다. 예약해둔 엘도라도 리조트에서 보낸 차가 우리를 싣고 갔다. 밤이라 주위 경관을 둘러볼 수 없었지만 바닷가로 빙 둘러 리조트가 자리 잡고 있고 중앙은 공원으로 조성되어 나지막한 가로등이 반짝이고 조용한 음악이 감미롭게 흐르고 있어 그야말로 엘도라도(아마존 강변에 있다고 상상하던 보물섬)를 연상케 하였다. 우리 일행이 머무를 방은 하룻밤 자는데 40만 원이 넘는 방이다. 10명이 지내기에 충분할 만큼 넓고 잘 갖춰진 안락한 공간이다. 욕탕은 큼직한 월풀로 되어 있고 거실 유리창은 온통 바다가 코앞에 내려다보이고 베란다엔 안락한 의자와 탁자가 있어 바다를 내다보기엔 그만이다. 씻고 잠자리에 누우려니 막상 잠이 오지 않는다. 거실 불을 끄고 나는 일어나 밤바다를 바라보며 좋은 친구들과 함께하고 있는 행복감을 만끽하느라 늦게야 겨우 잠이 들었다.

다음 날 새벽에 눈을 뜨니 창문이 어슴푸레하다. 제일 먼저 일어나 창밖을 내다보니 바닷물이 빠지는 시각인가 보다. 벌써 일어나 산책을 나선 사람도 있다. 멀리 보니 키가 큰 여자가 큰 모자를 쓰고 혼자 걷고 있다. 나도 금방 일어난 친구와 산책을 나섰다. 모래사장을 따라 걷다 보니 물이 점점 빠지고 있다. 모래 위로 신발을 벗고 걸었다. 부드럽게 밟히는 모래의 감촉이 더없이 상쾌하다. 한없이 펼쳐 있는 모래사장을 더 이상 가지 못하고 되돌아오고 있는데 큰 모자를 쓴 여인이 여기 좀 보라고 한다. 너무 아름답다고. 파도가 할퀴고 간 자국이 모래밭에 곱게 무늬를 만들어 놓았다. 그러고 보니 아까 창으로 내다보았던 모자 쓴 여인이다. 우리 또래의 얼굴이 많이 낯익어 보이기도 한다. 그 여자가 먼저 우리에게 어디서 왔느냐고 한다. 같이 이야기하면서 리조트 가까이 와 수도꼭지에서 발을 씻다가 내 친구가 그 여자에게 어느 학교 나왔느냐고 묻다 보니 그 여자가 바로 우리 대학 동창생이 아닌가. 어쩌면 그렇게 몰라보고 서로 뜸만 들이고 있었던가. 그때야 리조트에서 나오던 친구들도 동창생을 만나게 되어 서로 껴안고 눈물이 나올 만큼 반가워했다. 졸업 후 처음 만난 친구라 더없이 즐거운 추억이 되었다.

그날은 아침을 먹고 증도 구경에 나섰다. 콜택시를 2대 불러 해변을 따라 달렸다. 기사가 내려 준 곳은 짱뚱어 다리라고 이름 붙여진 (바다 가운데를 가로질러 만들어놓은 긴 나무다리)곳이다. 우리들은 나무다리를 건너며 물이 다 빠진 갯벌을 내려다보았다. 그런데 그 갯벌이 꿈틀꿈틀 움직인다. 깜짝 놀라 자세히 보니 수많은 짱뚱어들이 톡톡 튀기도 하고 작은 게들이 옆 걸음 치며 기어 다닌다. 우리는 놀라서 소리치며 이 다리 이름이 왜 짱뚱어 다리인지 알게 되었다. 서해안 쪽 바다엔 갯벌이 죽어 가고 있다고 들었는데 이곳은 이렇게 살아서 숨 쉬고 있으니 우리가 놀라는 것도 당연하다. 그만큼 이곳 증도는 아직

오염되지 않고 자연 생태계가 그대로 보존되고 있음을 보여주는 것이다. 염전이 널따랗게 깔려있는 곳을 지나 천일염을 파는 곳에 들러 함초를 넣어 구운 소금을 한 봉지씩 사기도 하고 함초를 넣어 만든 된장을 사기도 했다. 또 신안군 바닷속에 매장된 배에서 발굴한 금은보석과 도자기들을 기념하기 위해서 세워둔 유적비를 둘러보고 그 장소가 바로 절벽 아래 있는 앞바다였다는 것도 알게 되었다. 언덕에 세워놓은 전망대에 올라 바라보니 군데군데 작은 섬들이 떠있는 풍경이 한 폭의 산수화를 보는 듯 아름답기 그지없다. 건너편 조그만 섬까지 다리를 놓고 그 섬 위에 큰 배를 세워 레스토랑이나 카페를 만드는지 공사가 한창이다. 머잖아 이곳에 오면 멋진 배가 이 고장의 관광지로 떠오를 것 같다. 오는 길에 짱뚱어탕이 이곳의 별미라고 하여 사 가지고 와서 저녁에 먹기로 하였다.

리조트로 돌아와 몇 명의 친구와 수영복을 입고 해수욕장으로 갔다. 바닷물이 깨끗하여 오랜만에 수영을 하니 세상이 온통 내 품 안에 있는 것처럼 마음 가득 환희가 밀려왔다. 나이가 나이인 만큼 금방 지쳐서 더 오래 하지 못하고 나왔다. 조경을 잘 꾸며 놓은 공원을 한 바퀴 돌고 해수찜을 하러 갔다.

그날 저녁은 햇반을 사다가 짱뚱어탕으로 저녁을 먹었다. 처음 먹어보는데 맛이 추어탕과 비슷하였다. 수박과 자두를 먹으며 웃음꽃을 피웠다. 가족과의 여행도 즐겁지만 친구들과의 여행은 우리가 학창 시절로 돌아가 젊은 한때를 보내고 있다는 착각에 빠질 수 있어 한결 즐겁다.

저녁엔 노래방에 가서 한 곡조씩 다 뽑았다. 나만 빼고 모두 가수 뺨 치는 솜씨들이다. 이렇게 하루가 가고 모두 피곤했는지 곯아떨어졌다.

다음 날 아침 또 산책길에 나섰다. 어제 간 쪽이 아니고 해수욕장 쪽 으로 갔다. 모래밭에 발자국을 남기며 멀리 수평선을 바라본다. 그동 안 쌓였던 생활의 찌꺼기를 멀리 떠나보내고 새로운 활력을 불어넣는 다. 우리나라 섬도 이렇게 때 묻지 않고 아름다운 곳이 있기에 아직도 가보지 못한 곳을 찾아 떠나보고 싶다.

아쉽지만 오늘은 가야 하기에 일찍 엘도라도와 작별을 하고 목포로 왔다. 남농 허백련 전시를 둘러보고 그분의 예술혼에 잠시 빠졌다가 나왔다.

이 지방의 먹거리로 유명한 낙지볶음과 연포탕을 잘한다는 곳에서 점심을 먹고 목포역으로 왔다. 회장 시동생이 계속 안내해 주고 멸치 한 박스씩을 선물로 주었다. 또 목포 사는 한 친구 여동생이 스타벅스 커피를 사가지고 와서 나눠주었다. 이렇게 남도는 정이 넘치는 곳이 어서 부럽고도 가슴 뿌듯했다.

KTX를 타고 서울로 돌아가는 길, 내 고향 남도의 향토적인 맛에 취 해 꿈을 꾸기도 하고 잠에 빠지기도 하면서 노곤한 몸을 풀며 돌아왔 다. 살아 움직이는 증도의 갯벌을 꿈꾸면서.

천년의
옛 도읍지
경주에 발을 딛다

올해 수필의 날 기념 행사지는 찬란한 문화유산의 도시 경주였다. 경주에 간 지 너무 오래되었기 때문에 늘 다시 가보고 싶은 곳으로 점찍어 놓았던 곳이기도 하다. 서울에서만 고속버스 4대가 경주로 출발하였다. 수필을 사랑하는 회원들의 열기가 후끈하게 느껴졌다. 특히 우리 1호 차엔 맨 앞자리에 윤재천 교수님과 지연희 교수님을 비롯한 이름 있는 문인이 많이 타고 계셨기에 마음이 뿌듯했다.

경주에 가까워질수록 천 년을 누렸던 옛 도읍지의 냄새가 솔솔 풍기기 시작했다. 산세도 수려하고 군데군데 남아 있는 기와집들의 풍채가 고풍스러웠다.

짜여진 일정에 따라 불국사를 잠시 들러보았다. 30여 년 전 보았던 불국사의 모습이 아련히 떠오른다. 신라시대로 나를 떠밀고 온 듯 감개가 무량했었다. 지금은 다보탑 석가탑을 더 온전하게 보존하기 위해 보수 중인 것으로 알려져 치밀하게 설계된 균형미와 안정감 있는 모습은 가려져 볼 수가 없었다. 오랜 세월 이끼 긴 돌 틈새마다 담긴 이야기가 많으련만 꾹 입 다문 돌의 모습이 가슴에 와닿았다. 석굴암도 꼭 다시 보고 싶었지만 시간이 허락지 않아 그냥 발길을 돌려야 했다. 30년 전 갔을 때 그 정교한 본전 불에 심취하여 오래 머물렀던 기억이 아쉽게 발길을 잡는다. 곳곳에 신라의 숨결이 아직도 살아 숨 쉬는 많은 유적이 산재해 있음에도 다 돌아보지 못하고 아쉬운 발길을 돌린다.

수필의 날 행사는 400여 명이 참석한 가운데 동국대 백 주년 기념관에서 성대히 치러졌다. 그곳에서 석식이 끝난 후 안압지로 이동하였다. 안압지의 야경은 너무 아름다워 많은 인파가 몰려와 있었다. 물에 비친 섬과 누각들이 조명에 어우러져 빛나는 모습은 신라 왕궁 천 년 전의 화려한 모습을 떠올리게 했다. 신라 왕궁의 별궁터로 군신들의 연회나 회의 장소로 이용되었을 것이라 한다. 원래 달못으로 불렸으나 조선시대에 폐허가 되고 기러기와 오리들이 날아들어 안압지라 부르게 되었다 한다. 그때 당시의 누각과 정원을 볼 수 있어서 감회가 컸다. 아름다운 밤 풍경들을 스마트폰에 저장해두느라 여기저기서 철컥철컥 소리가 부산했다.

끝나고 숙소로 향했다. 운문산 자연 휴양림으로 가는 길이다. 이곳은 대구 경남 언양 사이에 위치하고 있고 문복산과 영남 알프스라 칭하는 가지산에 둘러싸여 있어 여름 피서지로 많이 알려져 있고 삼림욕이나 등산하러 많이 찾는 곳이라 한다. 이곳의 밤은 물소리 바람 소리에 젖어서 고적하게 깊어갈 거라 생각했는데 끼 있는 회원들의 밤 무대가 야외에서 펼쳐져 마치 모닥불 피워놓고 캠핑 갔던 젊은 시절로 돌아간 듯 흥겹고 적나라한 노랫가락이 흘러나왔다. 모처럼 온 자연 휴양림의 밤은 이렇게 깊어갔다.

새벽에 눈을 뜨자 우리 방 회원들은 산책을 나갔다. 계곡을 흘러내리는 맑은 물을 따라 한참을 오르다가 다시 내려왔다. 폭포도 보고 바위 사이로 흐르는 물에 발을 담그기도 하면서 회원들은 정담을 나누었다.

아침이 밝아왔다. 이런 곳에서 맞는 아침은 남달리 가슴이 벅차다. 삶은 이렇게 존재하는 것이구나 하는 새삼스러운 감동이 몰려왔다. 이 청정한 공기와 흘러내리는 청량한 물소리가 어우러지고 회원들과의 감미로운 대화가 녹아든다.

숲속에 자리 잡은 펜션들이 아름다운 한 폭의 그림이다. 한 며칠 쉬어가고 싶지만 단체로 온 우리들은 계획대로 따라야 한다. 휴양림에서 조금 내려와 식사를 간단히 하고 10분 정도 내려가니 내가 기대하던 운문사가 펼쳐졌다. 양옆으로 소나무가 우거진 길을 한참 걸으니 운문사 입구에는 호거산 운문사라고 써진 2층으로 올려세운 정문이 보였다. 많은 절이 그렇듯이 가장 빼어난 위치에 자리 잡은 운문사는 비구니들의 승가대학이 자리 잡고 있어 더욱 특별해 보였다. 경내를 이리저리 돌다 보니 고와 보이는 젊은 스님들이 종종 지나가고 있는 모습이 보였다. 어쩌면 저리도 깨끗하고 고운 모습들인지 가슴이 먹먹해왔다. 댓돌 위의 스님의 가지런한 신발만 보더라도 정갈한 스님 일 것이 틀림없었다.

특히 입구 쪽의 처진 소나무의 거대한 모습이 우리를 압도했다. 500년 수령을 자랑하는 거대한 소나무는 오랜 세월을 몸에 담고도 고색창 연하게 그 자리를 지키고 있는지 내 마음은 자꾸 그 옛날로 거슬러 올 라갔다. 천연기념물 180호로 지정되어 있다는 그 소나무는 어느 고승 이 소나무 가지를 꺾어다 심었는데 오늘의 처진 소나무로 자랐는데 그 모습이 세계 어느 나라에 내어놓아도 자랑스러운 보물인 것 같다. 운 문사와 함께 자라온 처진 소나무의 수려한 모습은 두고두고 머리에 새 겨질 것이다.

법정 스님은 생전에 세월의 자취를 간직한 세 분이 계셔서 이곳으 로 발길을 이끈다고 하셨다. 늘 그 자리를 지키는 처진 소나무와 400 년 된 두 그루 은행나무, 인자한 시골 할아버지 같은 비로전 부처님이 바로 그 세 분이다 하셨다. 그런데 한 분이 더 있다면 오늘도 진리를 찾아 운문사에서 경전 읽는 소리가 낭랑한 수행자를 꼽을 정도라고 하니 운문사에서는 빼놓을 수 없는 비구니의 절임을 알 수 있다.

하늘은 푸르고 절 주변은 초록빛으로 가득한 여름이니 이곳의 풍광 은 단연 으뜸으로 꼽을 수 있거니와 가을이 되면 더 멋진 풍광을 자랑 할 것 같다.

운문사를 나와 중요 민속 문화재 189호인 양동 마을로 갔다. 이곳은 경주 손씨와 이강 이씨 종가가 500여 년 동안 전통을 이어온 유서 깊은 반촌 마을이라 한다. 옛 마을을 이렇게 보존하는 모습들이 우리 후세들을 위해서도 꼭 필요할 것 같았다.

대낮이 되고 쏟아지는 뜨거운 햇빛을 무릅쓰고 몇 군데 돌다가 시골 앞마당의 정원이 잘 가꾸어진 어느 가정집 식당에 들어가 감자부침과 국수를 먹었다. 국수의 육수가 시원하고 맛깔스러워 주인에게 칭찬을 많이 늘어놓으니 순박한 주인은 몹시 겸연쩍어 했다.

영국의 황태자도 한국에 왔을 때 이 마을에 들렀다 하니 그만큼 이곳이 널리 알려진 관광단지라는 것을 알 수 있었다. 다 둘러보지 못한 아쉬움을 남긴 채 다음을 기약하며 서울행 관광 고속버스에 몸을 실었다. 수필의 날을 만들어 주신 윤재천 교수님과 수필분과 회장으로 수필의 날 행사를 맡아 애써주신 지연희 교수님께 큰 감사의 인사를 올린다.

수필을
짊어지고
오신 분

아마도 선생님은 전생에서부터 수필이란 무거운 짐을 이승까지 짊어지고 오신 분이 틀림없습니다. 그러기에 이승에 부려놓으신 수필이란 짐보따리가 이리 많을 수가 없습니다. 그 짐이 얼마나 무겁고 힘드셨을까요? 멀고도 먼 험한 길, 길고도 긴 그 고된 길을 걸어오시느라 온몸이 천근만근 무거우실 텐데 아직도 거뜬히 청바지를 입고 흐트러짐 없이 강의실에 나오시는 그 정열은 어디로부터 나오는 것인지요? 때론 선생님의 얼굴에 세월의 굴곡이 깊어져 고단해 보이기도 하지만 어디에도 얽매이지 않으시고 세상의 근심 걱정 다 내려놓으신 해탈의 미소를 머금고 계십니다.

오로지 하나의 목표, 수필을 향해서 온갖 노력의 땀을 통째로 쏟아부어 수필을 뿌리 깊게 심어놓으셨습니다. 쉬지 않고 물을 주고 영양을 주고 알차게 가꾸시길 반백여 년 오늘날 이 땅에 수필이란 커다란 나무 둥지를 마련해 주셨습니다. 선생님은 미수*壽를 눈앞에 두고 계심에도 당신이 개척해 놓은 수필 나무는 더욱 줄기차게 가지를 뻗어 가고 있으니 그 동안 흘린 땀 헛되지 않으셨음을 보여주고 계십니다. 힘들게 걸어오신 선생님의 길이 얼마나 고달프고 외로웠을까요? 다른 문학에 뒤질세라 수필을 살려내기 위해 그 어떤 난관도 해쳐가며 줄기차게 도전해 나가신 꿋꿋한 의지에 절로 머리가 숙여집니다.

60 평생을 수필 나무를 가꾸기 위해 흘리신 고귀한 땀방울이 오늘의 『현대수필』을 이 땅에 꽃피우게 하셨고 수필학으로 단단히 다져놓으신 텃밭에 수많은 수필의 열매가 조롱조롱 매달리게 하셨습니다. 저희 제자들은 나름 선생님의 가르침을 되새기며 아방가르드적인 수필, 아포리즘 수필, 실험 수필, 퓨전 수필, 접목 수필, 마당 수필, 시사 수필 등 다양한 수필의 길에 발을 딛게 해주셔서 수필이 당당히 문학의 지평을 열어 갈 수 있도록 끌어올려 주신 위대한 공로자이십니다.

선생님은 끊임없이 수필의 발전을 위해서 뭔가를 새로 개척하시고 만드셨습니다. 아무도 생각지 못한 수필의 날을 제정하시고 수필의 날에 선생님의 꿈이신 구름카페 문학상을 마침내 만드셨습니다. 수필을 쓰는 사람이라면 해마다 구름카페 문학상 한번 받아보았으면 하는 게 로망이 되었습니다. 나는 시를 쓰다 수필의 길에 들어섰기에 아직도 갈 길이 멀다고 생각하지만 구름카페 문학상만은 꿈꾸어 보고 소망합니다. 선생님이 닦아놓은 그 길을 걷다 보면 언젠가는 구름카페에 다다를 수 있는 길이라 믿기에 발걸음을 멈추지 않으렵니다.

또한 선생님께서 평생 쌓아올린 공로로 윤재천 문학상이 올해 수필의 날에 재정되었으니 이보다 더 기쁠 수는 없습니다.

선생님은 평소에는 말씀이 없으시지만 수필 강의를 하실 때는 말씀이 일사천리로 나오십니다. 먼 길 짊어지고 오신 수필의 짐을 푸시느라 시간 가는 줄 모르십니다. 그 누구도 따를 수 없는 꿋꿋한 열정에 절로 고개가 숙여집니다.

선생님은 오늘도 청바지를 입고 베레모를 쓰시고 인자하신 모습으로 수필 강의를 하러 나오실 겁니다. 세월이 흘렀지만 아직도 뒷모습은 대학생 못지않게 건장해 보이시는 운정 윤재천 선생님, 영혼은 아직도 구름 카페에 머무시고 시간을 초월하여 영원한 로맨티시스트로 역사에 남아 계실 겁니다. 부디 몸과 마음 평안을 누리시어 이 땅의 수필 지기로 오래오래 남아 계시길 바랍니다. 혹 한 번은 가야할 먼 길 떠나실지라도 이 땅의 수필만큼은 줄기차게 번성하도록 지켜주시리라 믿습니다.

수원 화성
행궁을
돌아보다

    수원 하면 바로 떠오르는 영상 하나가 있다. 수원의 중심에 우뚝 자리하고 있는 화성 행궁이다.

    몇 년 전 화성 행궁 열차를 타고 행궁을 따라 성곽을 한 바퀴 돈 적이 있다. 그 정교함과 웅장함은 물론 아름답게 구축해 놓은 섬세한 손길 하나하나가 그 옛날에도 새로운 장비를 개발하여 저렇게 멋진 성곽을 쌓았다고 생각하니 우리 조상들의 뛰어난 건축 기술에 저절로 입이 쩍 벌어질 수밖에 없었다.

    이는 나라를 굳건히 지키려는 정조 대왕의 국방 정책과 사도 세자인 아버지에 대한 효행심의 본보기라 할 수 있다. 정조 대왕은 사도세자의 묘소를 제일 좋은 명당자리인 화성에 자리 잡고 있는 현륭원으로 이장했다. 자주 들를 수 있도록 수원 신도시를 건설하고 성곽을 축조했다. 서울에서 이르는 중요 경유지인 과천 안양, 사근, 시흥, 안산, 화성에 행궁을 설치하였다. 행궁은 왕이 거동할 때 임시로 머물거나 전란, 휴양, 능원 참배 등을 위해 별도로 지방에 마련한 임시 거처로 그중 으뜸이 화성행궁으로 단연 화려하고 튼튼한 성곽이었다고 한다. 어느 나라에서도 찾아볼 수 없는 진한 효심과 국방의 튼튼함을 보여준 감동을 자아내는 행궁이라 할 수 있다.

행궁 열차는 정조 대왕을 떠올리게 제작되어 있다. 끄는 앞머리는 정조의 가마를 본떠서 용머리로 만들어져 있다. 행궁 열차를 타고 가노라면 가슴이 방방 뛸 듯이 부풀어 오른다. 어쩌면 저렇게 정교하게 돌을 깎아 아름답고 우아한 성곽을 만들 수 있었을까 철통같이 단단한 방어벽을 쌓기 위해 그 당시 기술자들이 땀과 피를 얼마나 흘렸을까 생각하면 저절로 눈시울이 뜨거워 온다.

열차를 타고 가다 보면 화홍문을 볼 수 있다. 그때 당시 광교 언덕을 가로지르는 곳에 큰 하천이 흐르고 있어 장마 때마다 범람하는 환란을 막기 위해 성을 쌓기 전에 7간으로 된 홍예로 된 돌다리를 걸쳐 만든 아름다운 문이다. 화서문은 성의 서쪽으로 자리를 잡고 좌우 돌계단을 꺾어지게 층을 만들었다. 창룡문은 동문으로 행궁과 1,040보 떨어져 있고 안팎으로 홍예가 설치되어 있다. 장안문은 북문으로 동쪽으로 780보 되는 곳에 있으며 이 문 또한 안과 밖이 홍예로 되어있다. 팔달문은 남문으로 사방팔방으로 길이 열린다는 뜻으로 크고 화려하게 돌로 무지개 모양으로 만들었으며 왕의 행차시 가마가 드나들 수 있는 크기였다고 한다. 이렇게 성곽 사방에 문을 만들어 행궁의 위용을 당당하게 세웠으니 수원 시민들은 보기만 해도 든든하고 자랑스러웠으리라.

행궁 열차를 타고 한 바퀴 빙 둘러보면 수원의 옛 정취를 느낄 수 있어서 좋다. 열차를 타고 동쪽 창룡문(연무대)에서 출발하면 남문인 팔달문을 지나 서문인 화서문을 지나게 되고 북문인 장안공원을 지나 장안문, 이르게 된다. 깨끗한 수원시의 풍광도 좋지만 내가 마치 조선시대의 한 사람이 된 양 감개무량하기만 하다.

화성 행궁은 얼마 전 유네스코에 세계문화유산으로 등재되어 더욱 돋보이는 우리나라의 관광명소로 남게 되었다. 요즈음은 많은 외국인이 이곳을 찾는다고 한다. 일본 중국은 물론 미국이나 유럽인들까지 이곳의 유서 깊은 사적지를 둘러보고 정조의 효심과 적을 방어하려는 숭고한 뜻을 되새기고 간다고 한다.

가까운 곳에 이렇게 빛나는 유적지가 있음을 모르고 사는 경우가 허다하다. 아직 화성 행궁을 못 가 봤다면 꼭 기회를 잡아 온 가족이 함께 행궁 열차를 타고 이곳 화성 행궁을 돌아본다면 멀리 있다고만 생각되었던 위대한 조상의 숨결을 가까이서 느낄 수 있을 것이다.

내
인생의
홀인원

3월 마지막 주 화요일 천안 상록 CC에 예우회라는 이름으로 골프가 두 팀 예약된 날이다. 모처럼 날씨도 풀리고 겨울 동안 잠자던 골프를 처음 시작하는 날이라 마음이 설레고 기대되기도 했다.

같이 오는 팀들이 올해는 모두 처음이고 연습도 못 했다고 걱정했다. 나도 그렇다고 말은 했지만 내 마음속에는 은근히 기대되는 무언가가 있었다. 지난겨울 동안 다 잊어버리고 쉬고 있었을 때 나는 골프 연습장 티켓을 끊어 일주일에 한두 번씩은 꼭 연습장에 다녔던 까닭이다. 그것도 혼자서가 아니고 남편과 동행해서 어김없이 남편이 지켜보는 가운데 레슨을 받았다는 얘기다. 갈 때마다 남편의 잔소리는 그칠 날이 없었다. 골프를 시작한 지 15년이 넘었는데도 아직도 그 모양이라고 야단맞기 일쑤였다. 어느 날은 나도 화가 나서 '당신이나 잘해. 나는 이까짓 것 안 해.' 하고 나와 버리기도 했다.

춥고 긴 겨울 동안 그렇게 남편과 티격태격하면서도 연습장을 찾곤

하던 어느 날 모처럼 남편이 칭찬을 던졌다. 이제 그 정도면 자세는 잡혔다는 거였다. 잊어버리지 말고 명심해서 오늘처럼 치라고 했다. 그러다가 며칠 지나서 가면 다시 옛날 모습으로 돌아가서 남편을 또 실망시키곤 했다. 세 살 버릇 여든까지 간다는데 그게 쉬 고쳐질까. 내 나이가 몇인데 더 이상 줄었으면 줄었지 더 잘 칠 것 같지는 않았다.

정말 어렵고 힘든 것이 골프였다. 어느 날 잘 되다가도 어떤 날은 형편없이 무너졌다. 잘나가던 프로들도 그렇지 않았던가. 골프의 황제 타이거 우즈가 그랬고 한때 잘 나가던 미셸 위, 박세리가 그랬다. 끊임없이 갈고닦아 잠자다가도 벌떡 일어나 걱정할 만큼 몰입하지 않으면 안 된다고 했다.

학교 다닐 때 나는 체육 시간이 제일 싫었다. 소질이 없으니 흥미가 없는 것은 당연했다. 중학교 때는 체육시간에 달리기를 하는데 슬쩍 빠져 교실에서 소설책을 읽다가 체육 선생님께 들켜 벌을 받은 적도 있었다. 벌 받은 건 그게 처음이자 마지막이었지만 그 부끄러움과 후회스러움은 두고두고 잊히질 않는다.

교육대학 다닐 때는 배구 토스 시험에 F 학점을 받아 재시험까지 치렀으니 얼마나 운동을 못했는지 알 만하다. 그랬던 내가 오빠의 친구였던 남편과 만나 결혼을 하였는데 남편은 고등학교 때 배구 선수로 활동했을 만큼 운동하면 못하는 게 없었으니 두 사람이 얼마나 대조적으로 만났는지는 그것만 보더라도 알 수 있다.

직장 다니느라 정신없이 살다가 일찍 명퇴하고 나서 나는 그동안

하고 싶었던 문학 공부를 하기 위해 문화센터에서 강의를 받기 시작했고 남편은 나를 골프 연습장으로 밀어 넣었다. 나이 먹어서 부부가 운동할 건 골프밖에 없다고 하면서 시큰둥해하는 나를 몰아세웠다.

하는 수 없이 골프연습을 처음 시작했는데 죽을 맛이었다. 그만두고 싶었지만 남편 성화에 못 이겨 꾹 참고 두어 달 배웠더니 조금씩 스윙이 잡혀갔고 두 달 반 만에 처음으로 필드에 나가 머리를 얹게 되었다. 연습할 때는 정말 힘들고 스트레스 받는 게 이거구나 하는 생각이 들었지만 막상 필드에 나가 채를 잡고 공을 때리니 그렇게 좋을 수가 없었다. 공이 잘 맞지 않아도 푸른 초원에 내가 있다는 사실만으로도 행복했다. 두 번째 필드에 나갔을 때는 벙커에 빠진 공을 올려쳤는데 그게 바로 들어가 버디를 하기도 했다. 그때야 이런 재미로 친다는 것을 알게 됐다.

사람들은 공이 안 맞으면 엄청나게 스트레스를 받는다고 한다. 그럴 것 같으면 나도 스트레스를 받아 진즉 그만두었을지도 모른다. 내 친구 중에도 몇 명 시작해 놓고 그만 둔 애들이 한두 명이 아니다. 나는 마음을 비웠다. 맞으면 좋고 안 맞으면 그만이라는 생각으로 나를 다스렸다. 그래서인지 필드에 나가면 그동안 쌓였던 스트레스를 다 날려버리고 올 정도로 몸과 마음이 홀가분해져서 돌아오곤 했다.

남편은 주위 사람들이 프로니 달인이니 할 정도로 골프에 대해서는 특별한 일가견이 있었다. 싱글, 홀인원, 이글까지 다 해 본 사람이지만 혼자 나갈 때는 잘 치던 공도 나랑 같이 나가면 신경이 쓰여 잘 쳐지지 않는다고 했다. 집중력이 조금만 떨어져도 안되는 게 골프였기 때문이다. 박세리처럼 다리가 튼튼해서 잘 칠 수 있는 조건을 갖추었는데 그렇지 못한다고 안타까워하는 남편과는 달리 나는 필드에 나가면 기분 좋게 걸으면서 운동할 수 있는 것만으로도 행복했다. 공을 때리는 것보다 주위의 아름다운 자연에 더 눈을 빼앗기곤 했으니 잘 될 리 만무했다. 여기저기 흔하게 피어 있는 들꽃만 봐도 탄성을 울리며 행복해 했으니까 말이다.

그날은 남편 친구분 네 가족이 남자 한 팀 여자 한 팀으로 나누고 여자를 앞 팀으로 두었다. 나는 겨울 동안 연습장 나가던 사실을 감추고 시작했는데 모처럼 날씨가 풀려서인지 모두 다 잘치고 있었다. 원래 잘 치는 분들이었지만 이분들도 겨울 동안 나처럼 연습을 게을리하진 않았나 보다는 생각이 들었다. 나 역시 전반전에서는 버디와 파도 했다. 후반 파 3홀 130m를 돌 때였다. 나보다 훨씬 잘 친 분이 멀어 보인다고 드라이버로 쳤는데 그린에 못 미쳐 떨어졌다. 나는 마음을 비우고 5번 우드를 잡고 두 다리를 버텨 최선의 자세를 취한 다음 깃대를 향해 힘껏 날렸다.

그린 가까이에 떨어지더니 깃대 쪽으로 굴러가다 공이 사라졌다. 그린까지 가서 찾아도 보이지 않았다. 캐디가 깃대를 뽑다가 흥분하여 소리쳤다. "공이 들어갔어요! 홀인원이에요!" 그래도 설마 내가? 하고 믿어지지 않았는데 모두들 감격해서 박수를 치며 축하 세례가 쏟아지는 바람에 그때야 안도의 한숨이 흘러나오며 눈시울이 뜨거워졌다. 분명히 기쁨의 눈물이었다. 기쁘다 못해 눈물이 나는 순간이 내 생애에 몇 번이나 있었을까. 지나온 날들이 파노라마처럼 순식간에 스쳐 지나갔다. 결혼하여 4년 만에 큰 딸을 가졌을 적, 남편의 승진, 두 딸의 결혼, 첫 시집을 내던 날- 기쁨의 눈물을 적셨던 날들이다. 평생에 한 번 하기 어렵다는 것을 해냈으니 늘 노심초사하던 남편이 누구보다 기뻐했다. 나는 처음으로 "이 모두 당신 덕이에요." 하는 소리가 저절로 나왔다. 캐디가 이 사실을 스마트폰에 입력해서 본부에 알렸다. 그래야 홀인원 증서를 만들어준다고 했다. 꿈만 같았으나 현실이었다.

그냥 되는 것은 아무것도 없다. 그렇게 못하던 운동을 눈물 나게 가르쳤던 남편의 공이 크다고 하지 않을 수 없었다. 그날 두 팀의 그린피와 캐디피 점심값은 모두 남편이 즐겁게 뒤집어썼다. 상기된 남편의 표정이 자기가 홀인원한 듯 행복해 보였다. 상록 CC에서 홀인원 증서 액자와 오래오래 기념하라는 뜻으로 홀인원 했던 볼을 담은 색동주머니를 함께 주었다. 같이 간 분들은 조그만 볼을 금으로 장식한 크리스털 상패를 만들어서 나중에 전달하는 행사를 갖기도 했다. 홀인원 보험에 넣어두었으면 좋았을 텐데 하며 아쉬워 하는 분은 나랑 친하게 지내는 분이었는데 본인이 그 보험에 들어놓고 있었기 때문이다. 여간 미안한 마음이 들지 않았다.

남편은 집에 돌아오자마자 두 딸과 사위에게 카카오톡으로 메시지를 보냈다. 큰딸은 "엄마, 혹시 뒤로 가다가 뭐 잘못 밟은 게 아니야?"

하면서 기쁨을 감추지 못했고 둘째 딸과 사위들의 축하 메시지가 연신 날라 오니 하늘에 붕 떠오르는 기분이었다. 같이 간 분 중에는 이번에 사위를 잘 얻은 덕분인 것 같다고 기분 좋은 멘트를 해주기도 했다. 아무튼 홀인원 하면 3년은 재수가 좋다고 하니 앞으로 좋은 일이 빵빵 터졌으면 좋겠고, 그 사람 손만 잡아도 좋은 일이 터질 거라고 내 손을 잡고 흔들어준 모든 분들도 다 함께 건강하고 좋은 일만 생겼으면 좋겠다.

마지막으로 나는 이렇게 말하고 싶다.

'내 인생의 홀인원은 당신이었다.'라고.

날
구원해 주신 분

인간은 생로병사의 길을 걸어간다. 살아가면서 아프지 않고 사는 사람 어디 있을까. 건강을 잃으면 나를 잃고 가족을 잃는 것이다. 아파 본 사람만이 건강이 얼마나 중요한지 알게 된다. 내 건강은 내가 끝까지 지켜야 하고 내가 관리해야 한다. 그러면 누군가 날 구원해 주신다.

나는 어려선 건강하게 자랐지만 살아오면서 4~50대에 간염으로 고생했다. 직장을 다니던 40대 초에 병원에서 A형 간염이라는 판정을 받았다. 쉬 피곤해지고 무기력해진 게 다 이유가 있었던 것이다.

그때 당시 나는 남편의 권유로 남편과 함께 통신교리를 공부하여 가까스로 성당에서 세례를 받은 후였다. 한두 달 약을 먹으면서 주일이면 성당 미사에 나가 병이 낫기를 간곡히 기도하였다. 두 달이 지난 어느 주일날 성당에 나가 미사를 드리며 기도하는데 기도가 되지 않고 어디선가 내 귓가에 아련히 이런 소리가 들렸다. '내가 네 병을 낫게 하리다.' 나는 깜짝 놀라 정신을 차렸다. 내가 잠시 착각을 한 건 아닐까 고개를 내둘러보아도 사실이었다. 세례 받은 지 얼마 되지도 않고 믿음이 깊은 것도 아닌데 정말로 내 병이 나은 걸까? 고개를 갸우뚱하며 나는 그다음 날 당장 병원으로 갔다. 그런데 뜻밖에도 의사 선생님은 다 나았으니 약을 그만 먹으라고 하는 게 아닌가. 나는 너무 기뻐서 그만 눈물이 저절로 흘러내렸다. 내가 겪은 일이기에 고맙고 신기하기만 했다. 그 후로도 한동안은 열심히 성당에 나갔다. 그러나 꾸준히 다닌다는 게 쉽지는 않았다. 주말이면 남편이 바쁘다고 빠지면 나도 덩달아 빠지게 되고 그러면 또 고해성사를 받아야 하고 이런 일이 자꾸 되풀이되니 점점 힘들어졌다. 그러다 이사를 가게 되니 더욱 멀어지게 되었고 이젠 아주 쉬고 있으니 참으로 난감하고 한심한 일이다.

그래서였을까 내가 명퇴를 하고 50 중반이었을 때 나는 또 병원에서 C형 간염 판정을 받게 되었다. 제일 심각한 B형은 항체가 생겼는데 생뚱맞게 C형 간염이라니 이 무슨 짓궂은 운명인지 얄궂기만 했다. 매달 나가서 검사하고 약을 6개월 먹고 일주일에 한 번씩 비싼 주사를 스스로 놓아야 한다고 의사 선생님은 주사 놓는 방법을 가르쳐 주었다. 그렇게 6개월 동안 독한 약을 먹으면서 스스로 배에다 주사를 맞았다. 다행인 것은 B형 간염처럼 음식을 조심하고 식사 도구를 매끼 소독하지 않아도 된다는 게 불행 중 다행이었다. 더 힘들고 어려운 불치의 병도 많은데 이런 병쯤이야 약만 잘 먹으면 낫는다는 생각에 가볍게 넘어가려고 노력했다. 6개월 후 병원에 가서 검사한 결과 다행히도 완치되었다는 판정을 받았다. 병원에서 만난 어떤 사람은 C형 간염으로 10년 동안 병원 다니는데도 낫지 않고 있다고 하소연했다. 그런데 나는 딱 6개월 만에 완치가 되었으니 꿈만 같았다. 이번에도 나약하고 게으른 나에게 은혜를 주심이 분명하다는 생각을 떨쳐 버릴 수 없었다. 보이지 않는 그분의 사랑이 가없이 깊음을 또 느끼게 해주었다.

두 번이나 간으로 고생하다가 두 번 다 낫게 된 것은 병원에서 치료를 잘 받았기 때문이라는 생각보다는 누군가가 나를 구원해 주신 거라는 생각이 자꾸 들었다. 나는 밤마다 잠자리에 들기 전 주의 기도와 성모송 사도신경을 세 번 되풀이해서 외우고 잠이 든다. 그래야 마음이 편하고 오늘 하루도 무사히 넘기게 해주신 모든 분께 감사의 기도를 드리지 않을 수 없다.

백팔번뇌가 넘나들던 우리 마음도 어느새 하얗게 표백된 순간입
니다. 함박눈 펑펑 쏟아지는 눈의 나라, 잠시지만 지금 이 순간만
은 온 세상이 하나 되어 행복하고 평화로울 것 같습니다.
축복처럼 하얀 눈이 자꾸만 쌓이고 있습니다.

-「눈의 나라」중에서

5부

아무것도
아닌 것에
대하여

목포는
항구다

　목포행 완행열차, 오랫동안 귀에 익은 소리다. 어렸을 적 언니가 즐겨 부르던, 가락이 슬픈 노래이기도 하다.

　대학 친구들 모임에서 이번에 떠나기로 한 곳은 바로 항구도시 목포다. 옛날 같으면 서울에서 목포까지 여섯 시간 이상이 걸렸지만 지금은 수서에서 SRT를 타면 2시간 20분 만에 목포에 도착하니 얼마나 빨라진 세상인지 모른다.

　목포는 내 고향에서 가까운 곳이기에 더욱 가슴이 설렌다.

　내가 처음으로 목포에 갔던 적은 고1 때다. 눈이 나빠져서 더 이상 칠판 글씨를 못 보게 되자 아버지는 안경을 맞춰 주겠다고 처음으로 데리고 간 곳이 목포였다. 나는 안경을 맞춰 쓰고 깜짝 놀라 소리쳤다. "세상이 너무 복잡해요." 그러자 아버지께서는 웃으시며 "네 눈이 안 보여서 그렇지. 원래 목포는 이렇게 번잡하단다."라고 말씀해 주시던 기억이 엊그제 같은데 이미 아버지는 먼 길 떠나신 지 까마득하다.

목포 하면 생각나는 건 항구 도시요 예향의 도시라는 것이다. 그곳에 가면 뭔가 새로운 세계가 펼쳐질 것 같은 기대감과 구수한 남도 사투리와 끈끈한 인정이 물씬 풍길 거라는 믿음이 남아있는 곳이다. 싱그러운 갯비린내가 풍겨 나오고 먹거리가 풍부해 감칠맛 나는 음식이 식당마다 넘쳐날 것 같은 기대를 하며 목포에 도착했다.

이번 여행은 목포를 골목마다 샅샅이 돌아보겠다는 생각으로 모든 걸 놓아버리고 가볍고 편안하게 온 친구들과 함께다. 차도 없이 걸어서 골목 투어를 하자고 했던 터라 역전에서 걸어서 예약해 놓은 게스트 하우스로 이동했다. 마인계터로에 있는 수다방 게스트 하우스까지 10여 분 걸렸다. 친절하고 상냥한 주인 아줌마를 만나 숙소를 정하고 낙지로 유명하다는 독천 식당으로 점심을 먹으러 갔다. 기대했던 만큼 싱싱한 낙지 연포탕을 먹고 돌아왔다. 역시 세발낙지 맛은 그 명성을 떨치기에 알맞았다.

숙소로 돌아와 잠깐 휴식을 취한 뒤 해설사를 따라 골목 투어에 나섰다. 해설사는 우리 또래보다 젊어 보이는 인상이 좋은 아줌마였다. 친근감이 가고 다방면으로 많이 알고 설명도 곧잘 해주셨다. 우리 숙소가 위치한 곳이 만인계터라고 한다. 지금은 발음하기 편하게 마인계터로 부른다. 1897년 목포 개항 후 성행했던 만인계는 사람들에게 계표를 판매한 후 추첨을 통해 순위별로 배당금을 나눠주는 일종의 로또 복권 같은 거였다고 한다. 그 수익금으로 목포 원도심의 도시 건설에 활용해서 오늘의 목포시로 발전했다 하니 남다른 의미가 있다고 할 것이다.

숙소 바로 뒤쪽에 노라노 미술관이 있었는데 그곳은 원래 조선 시대 통신용으로 사용하던 마방골이 있었던 곳으로 1897년 목포 최초의 우체국인 셈이라고 한다. 노라노 패션 양재학원으로 사용하다가 빈 건물로 방치되던 곳을 주민과 예술인들이 뜻을 모아 공공 미술관으로 자리하게 되어 너무 자랑스럽다고 한다.

다음은 최초 목포 경찰서 터인 구종명비를 둘러보았다. 총순 구종 명 영세 불망비라고 새겨진 비석이 세워져 있다. 일제강점기에 군수를 지낸 구종명은 친일 인명사전에 등재되어 있으나 조선인들의 방패막이가 되어 앞장서 조선인을 도왔다 한다. 역사의 아이러니를 보여주는 곳이다.

그 앞에 목포청년회관 건물이 그대로 남아 있다. 일제강점기 때 목포 청년들의 문화 사랑방이자 최초의 시민회관 성격을 지닌 근대 건축물이라고 한다. 목포청년회에서 성금을 모아 1925년에 완공되었고 회관은 민족운동 중심지 역할을 했다고 한다. 박화성의 「헐어진 청년회관」이 창작된 배경이기도 하다. 거기서 우측으로 50m 걸어가면 콩나물 동네 골목이 나온다. 한국전쟁 이후 곤궁한 삶을 이겨내기 위해 이곳에서 콩나물을 재배하여 인근 중앙시장에 팔아서 살았던 곳이라 해서 콩나물 공장 혹은 콩나물 동네로 불렸다고 한다. 그 당시 힘들게 살았던 주민들의 애환이 서려있는 곳이다.

정광정혜원이란 일본식 목조건물로 된 사찰이 남아 있다고 해서 그

쪽으로 발길을 옮겼다. 절 입구에 젊은 스님과 학생 앉아있는 모습의 동상이 있었는데 그 두 사람이 법정 스님과 고은 시인이라고 했다. 어느 분이 법정 스님이겠느냐고 해설사가 우리에게 묻는다. 우린 승복을 입고 있는 분이 당연 법정스님이라고 했더니 틀렸다고 한다. 한국전쟁 후 그 당시 승려였던 고은이 정혜원으로 포교활동을 왔다가 대학생이던 박재철을 만나 불교에 귀의하는 데 도움을 주고 수필을 쓰도록 해서 현대문학에 발표하도록 주선해 주었다고 한다. 그분이 바로 법정 스님이고 고은은 오늘날 노벨 문학상에 오르내리는 시인이 되었다는 사실이 정광 정혜원 앞마당에 역사로 남게 되었다. 이 절의 특징은 건물 안쪽에 작은 정원이 있어 공간이 환하게 트여 있다는 사실이다. 우리나라 어디에서도 찾아볼 수 없는 귀한 공간이라고 한다. 햇빛이 가득 쏟아져 들어온다.

목포역 앞쪽에 발달한 차 없는 거리로 갔다. 다양한 브랜드의 의류상가가 주로 많았고 그중에 유명한 빵집이 있는데 코롬방 제과점이라고 한다. 우리 일행은 맛있다는 그곳 빵집에 들러 빵을 사서 맛보기도 했다. 손님들이 줄지어 빵을 사 갔다. 전국 5대 빵집 중 하나라고 한다.

다음은 동본원사로 갔다. 가장 먼저 목포에 진출한 일본 불교사원이라고 한다. 제일 번화가인 이곳은 개항 당시 일본인과 조선인이 만나는 오거리에 위치하고 있다. 광복 후 정광사의 관리를 받다가 중앙교회 건물로 사용하기도 했고, 한때는 이 건물을 철거하자는 사람들도 있어 의견이 분분했지만 현재는 예향 목포 시민들을 위한 오거리 문화센터로 사용하고 있다고 한다. 조그만 건물이지만 아주 아담하고 멋진 이국적인 건물이라는 생각이 들었다. 건물 마당에는 이곳이 5·18 민주화 운동과 관련된 사적지임을 알리는 기념비가 세워져 있었다.

골목 투어를 마치고 저녁은 횟집으로 갔다. 항구도시에 왔으니 당연히 회를 먹자는 의견이 많아서 택시를 타고 바닷가 쪽으로 갔다. 아직 어두워지지 않아서 그쪽에 있는 천연기념물 500호로 지정된 갓바위를 구경하기로 했다. 바다 위로 다리를 놓아 걸어서 구경하기 좋았다. 갓을 쓴 두 바위가 어쩌면 그렇게 사람처럼 다정하게 서 있는지 어두워지자 조명이 켜지니 더욱 아름다워 보인다. 갓바위는 밤에 봐야 훨씬 분위기 있고 로맨틱해 보인다. 바닷길 따라 나오니 바다 위에 한창 폭죽을 터뜨리고 있다. 환호성을 지르며 사람들이 해변 쪽으로 모여든다. 황홀한 불꽃이 하늘 높이 목포는 항구라고 수를 놓고 있는 것 같다.

모처럼 깔끔하고 푸짐한 회 정식을 먹고 일행들은 택시를 타고 숙소가 가까운 마인계터로 왔다. 차 없는 거리로 들어서니 휘황한 불빛이 색색이 돌아가며 여행객의 마음을 술렁이게 한다. 날마다 되풀이 되는 일상 속에서 잠시 튕겨져 나온 우리들이지만 지금 우리의 나이가 어디까지 와 있는가 생각해 보면 참 기분 좋은 일탈이라고 말하고 싶다. 거리에서 흘러나오는 라이브 카페에서 음악 감상을 하며 잠시 수다를 떨다 갔으면 좋았을 걸 피곤하다고 숙소로 돌아왔다.

게스트 하우스의 침대는 칸으로 막아 놓은 이층 침대였는데 처음 사용해 보는 것이었다. 낯선 이층 침대에 누워서 생각해 보니 오늘 하루는 과거 일제 강점기에 들어갔다 온 느낌이 든다. 목포에서 느껴보는 그 당시의 시민들의 궁핍함과 자유를 억누르는 핍박한 생활을 이겨 내느라 얼마나 힘들었을까 내 가슴까지 먹먹해진다.

내일은 유달산과 노적봉을 돌아서 구 일본 영사관, 성옥 기념관, 목포문화예술관, 국립해양유물전시관, 김대중노벨평화기념관까지 둘러볼 예정이다.

전설 같은 역사의 흔적이 곳곳에 남아 있는 예향과 낭만의 도시요 항구도시인 목포의 첫날 밤은 소록소록 깊어가고 있다.

눈의
나라

    겨울이 쉬 끝나지 않으려나 봅니다. 갑자기 흰 눈발이 휘날리기 시작합니다. 세상이 금방 흰 옷을 입고 하얗게 변했습니다. 가끔은 하느님도 이 세상을 하얗게 포장하고 싶으신가 봐요. 세상을 온통 은빛으로 치장하고 하얀 길을 열어 놓으셨습니다.

    세상이 얼마나 더러워졌기에 새하얀 눈가루를 뿌려 주셨을까요. 하긴 여기저기 하얗게 덮어버리고 싶은 게 많았을 겁니다. 하얗게 덧칠해서 정화시키고 싶었을 것입니다. 당신이 꿈꾸던 그런 세상을 눈을 뿌리는 그 순간만이라도 그려보고 싶었을 것입니다.

    공원으로 나갔습니다. 겨울이 삭막하게 자리 잡고 있던 공원에 눈이 펑펑 쏟아지니 갑자기 축제가 시작되었습니다. 수억만 개의 눈송이들이 송이송이 춤을 추며 흥겹게 나부낍니다. 헐벗은 나뭇가지마다 허연 퍼포먼스를 벌이고, 소나무도 허옇게 눈을 뒤집어쓰고 무게를 감내하고 있습니다.

무궁화나무 위엔 허연 목화송이 꽃이 내려앉아 있습니다. 허허벌판처럼 살벌하던 공원이 하얀 궁전으로 뒤바뀌었습니다. 저 하얀 길로 하얀 드레스를 입은 공주님이 금방 나타날 것만 같습니다.

공원의 호수 위에도 눈의 행렬은 그치지 않습니다. 살얼음이 깔린 호수 위로 눈의 세례가 쏟아지면 호수는 눈발들을 금세 사그라뜨립니다. 그 또한 멋진 퍼포먼스이지요. 사람들은 신바람이 나서 눈을 뭉쳐 던지기도 하고, 동심으로 돌아간 아빠는 아이랑 눈사람을 커다랗게 만들고 있습니다. 눈사람에게 이름을 붙여 줍니다. 연인 혹은 친구 가족 이름으로 이름표를 달았습니다. 보고 싶은 사람을 금방 눈사람으로 만들어 놓을 수 있다니 이건 눈의 나라에서만 있을 수 있는 일입니다.

가능의 세계, 상상의 세계가 펼쳐지고 있습니다. 이 세계가 영원으로 이어진다면 얼마나 좋겠습니까. 잠시 머물다 사라지는 세계이기에 더 신비롭고 아름다울 뿐입니다.

이렇게 순수해진 공간에 누가 감히 나쁜 짓을 저지를 수 있겠습니까. 어떤 거짓도 악함도 있을 수 없습니다. 백팔번뇌가 넘나들던 우리 마음도 어느새 하얗게 표백된 순간입니다. 함박눈 펑펑 쏟아지는 눈의 나라, 잠시지만 지금 이 순간만은 온 세상이 하나 되어 행복하고 평화로울 것 같습니다.

축복처럼 하얀 눈이 자꾸만 쌓이고 있습니다.

길고
더딘
여름

올여름은 유난히 길고 더디었다. 모순과 고통의 와해^{瓦解} 속에 푹푹 삶아대는 더위는 더욱 기승을 부렸다.

꼬리에 꼬리를 무는 사고와 사건 속에 해결되는 일은 하나도 없고, 덮고 덮는 일, 감추고 감추는 일, 속이고 속이는 일들의 홍수 속에서 서로 책임 떠넘기기에 급급한 사람들의 탄식 소리만 높아갔다. 믿을 거라곤 하나 없다는 절망감에 사람들의 가슴은 시커멓게 타들어 갔다.

이 혹독한 여름은 우리에게 땀과 눈물로 범벅이 되게 했고 이 여름이 빨리 끝나기만을 간곡히 기도했다. 그 기도를 들어 주셨는지 사고의 중심에 서 있던 세월호의 미스터리가 믿을 수 없는 유병언의 죽음으로 일단락되면서 의문과 분노와 슬픔도 수그러들고 그 무덥던 여름도 기세를 꺾었다.

그 무렵 세계의 평화와 화해를 위해 교황님이 이 땅에 오셨다. 교황님은 오셔서 아직도 끝나지 않은 세월호 유가족의 슬픈 덩어리를 어루만져 주시고 그들에게 세례식을 내려 주셨다. 그나마 아픔으로 일그러진 가슴이 조금이라도 치유되었기를 빌어본다.

산다는 게 얼마나 험난한 고통의 바다를 건너 비바람과 태풍을 몰고 오는지를 혹독한 여름은 우리에게 가르쳐주었고, 어려움을 참고 견디면 위로와 희망의 손길이 뻗친다는 것도 교황님의 방문으로 보여주었다.

그날 광화문 광장에 모인 수많은 인파가 흔들어 대는 저 손길 속에는 환영의 물결도 있겠지만 그들이 원하는 간절한 소망이 파도치고 있음을 보았다.

124위 순교자들의 시복식이 치러지고, 어린아이의 머리 하나하나에 손을 얹고 축복해 주시는 그분은 더없이 다정다감해 보였다. 불우한 이웃을 위해 더 낮은 데로만 몸을 낮추시는 그분의 모습은, 바로 가슴 따뜻한 치유의 손길이었다.

오늘은 추석 전야다. 하늘엔 둥근달이 떠오르긴 했지만 달은 슬픔에 젖어 축축한 달무리를 이루고 있다. 올 추석 전야만은 달도 환하게 웃을 수가 없는 모양이다. 내일은 유난히 큰 수퍼문이 떠오른다고 하는데 그렇게 기쁠 수만은 없는 달의 마음을 미리 보는 것 같아 가슴이 찡하다. 그래도 내일만은 온 세계를 평화와 화해로 비추는 광명의 빛을 온 누리에 뿌려달라고 기도하고 싶다.

아직도 구천을 떠돌고 있을 가녀린 넋들을 애도하면서 달무리에 흠뻑 젖어본다.

실미도의
바람

　그곳, 겨울 바다에 갔다. 그때만 해도 영종도에서 10여 분 배를 타면 닿는 곳, 그렇게 가까운 곳에 있는 무의도에 가게 되었다. 자연 경관이 춤추는 무희의 옷처럼 아름다워 무의도라 불리게 되었다 한다.

　두 개의 섬으로 나뉘어 있고 썰물 때는 갯벌과 모래톱이 드러나 실미도와 이어지는 곳, 실미 해수욕장과 하나개 해수욕장이 있고 호룡곡산과 국사봉이 이 섬을 거느리고 있다. 간혹 우리 같은 객들이 잠시 들러가는 곳, 겨울이라 한적하고 조용한 섬은 나지막이 엎드려서 우릴 맞고 있었다. 이곳은 옛날에 방영되었던 드라마 〈천국의 계단〉, 〈김약국의 딸들〉와 영화 〈실미도〉의 촬영지로 널리 알려지게 되어 사람들이 많이 찾는다고 한다.

　아주 추운 날씨라 모두 두꺼운 잠바 하나씩 걸치고 활짝 웃음꽃을 피우는 친구들이 더없이 정답다. 가볍게 털고 나온 한 마리 새들처럼 홀홀 날고 싶은 표정들이다. 학창 시절 희희낙락하는 아이들처럼 세월을 거슬러 올라가 우리 친구들은 대학 시절로 돌아갔다.

바다가 보이는 곳에 펜션을 얻고 짐을 푼 다음 산을 오르기로 했다. 좁은 오솔길을 따라 겨울 산을 오르는 재미가 쏠쏠했다. 잎을 다 떨군 나뭇가지 사이로 골짜기가 다 내려다보이니 겨울 산행의 묘미가 여기에 있을 것이다. 헉헉거리며 오르다 보니 어느새 정상, 사방을 둘러보아도 바다가 보인다. 날씨가 좋은 날에는 이곳에서 실미도, 백령도, 대청도, 덕적도가 한눈에 보인다고 한다. 가슴이 시리도록 툭 트인 바람을 맞으며 산을 내려오니 바닷가에 이르렀다.

제 세상을 만난 듯 바닷가를 거닐며 굴을 따 먹기도 하고 모래사장에 쌓여있는 눈을 밟으며 겨울을 만끽했다.

저녁을 먹고 노래방에 가기로 하였다. 봉고차를 타고 해변을 따라 한참을 달리니 멀리 바다 건너 불빛이 화려하게 반짝이는 곳이 월미도라고 한다. 멀리서 내려다보니 환상의 궁전처럼 아름다워 보인다.

바닷가 마을에 도착하여 찾아간 노래방은 친구들이 다 들어가고도 공간이 넓어 한껏 목청을 높이고 조명등 아래 춤사위를 돋우며 흥겹게 놀았다. 난로에서는 활활 장작불이 타오르고 우리들의 열기와 합해져 훈훈한 밤이었다. 밤바다로 나왔다. 하늘엔 별들이 금방 떨어질 듯이 가까이 있었다. 정말 오랜만에 만나보는 별들, 가슴이 철렁 내려앉을 것처럼 감동이 밀려왔다. 얼음이 두껍게 깔린 해변을 마냥 걷고 싶었으나 밤이 깊기 전 숙소로 돌아왔다. 대충 씻고 잠자리에 들었으나 빨리 잠이 올 리 없다. 방 하나에 여섯 명씩 누워 자는데 다닥다닥 붙어 자면서 이야기꽃을 피웠다. 잠을 자는 둥 마는 둥 날이 밝았다. 새벽에 일어나야 실미도에 갈 수 있다 하여 눈을 뜨자마자 바닷가로 나갔다. 사실 실미도에 가는 것이 우리들의 목적이었다. 물이 빠져 실미도로 건너갈 수 있는 갯벌이 드러났다. 새벽바람은 매섭지만 친구들의 발길은 날아갈 듯 가벼웠다. 드러난 갯벌을 따라 한참을 건너니 바로 자그마한 무인도 바로 실미도 섬이 보였다. 해변을 따라 걷다가 낮은 산길로 올라갔다. 자작나무와 키 작은 소나무들이 나지막이 깔려있는 산길을 걷노라니 영화 〈실미도〉에서 보았던 장면들이 파노라마처럼 스쳐갔다. 아, 이곳이 산을 넘어 포탄이 쏟아지던 곳이구나 상상하며 산을 넘어가니 과연 그곳이 촬영지였다. 곳곳에 영화에서 찍었던 장면들의 사진이 걸려있어 더욱 실감이 났다. 이곳에 있던 막사나 건물들은 다 철거되고 흔적도 찾아볼 수 없었다.

이곳 바닷가에도 얼음이 깔려 있고 눈이 덮여있었다. 비탈진 해변 기슭에는 굴이 다닥다닥 붙어 있었지만 추워서 딸 엄두를 내지 못했다. 파도는 멀리서 기세를 부리며 다가오다가 덧없이 스러져갔다. 저 파도는 50여 년 전 그날의 참사를 기억하고 있는지 애절하게 가슴에 부딪쳐 왔다. 되돌아오는 길에는 오른쪽 오솔길로 올라갔다. 한참을 오르다 보니 길이 막혀 앞에 가는 일행이 보이지 않는다. 가시덤불이 우거져 있어 길을 잃고 말았다. 친구와 둘이서 가까스로 덤불 사이를 헤치고 샛길을 따라 올라가 겨우 일행들을 만났다. 정상에서 내려다

보니 바다가 3면으로 펼쳐져 있어 일출과 일몰을 다 내려다볼 수 있는 전망이었다. 그곳에서 숨을 추스르며 절경을 바라보니 그저 감개무량하여 야호 목청껏 소리를 지르기도 했다.

숙소로 돌아와 바지락죽에 김치 한 가지로 먹었는데 땅속에 묻은 김치 맛이 일품이었다. 짐을 챙겨 차를 타고 어젯밤에 거닐던 해변을 따라 한 바퀴 돌았다. 밤이라 잘 보지 못했던 〈천국의 계단〉을 다시 둘러보았다. 입구엔 하얀 피아노 모형이 커다랗게 자리하고 있어서 그곳에서 단체 사진을 찍었다. 정원의 나무들이 겨울이라 황량해 보였고 흙이 아니라 가는 모래로 뒤덮여 있었다. 오는 길에 영종도에서 굴밥을 먹고 출발지인 잠실로 되돌아왔다. 서울에서 그리 멀지 않은 곳에 그런 호젓한 섬이 있다는 게 흐뭇하고 자랑스러웠다.

집에 와서 「실미도의 바람」이란 제목으로 시 한 편을 건졌다.

실미도의 바람

시린 바람이 산비탈 나뭇가지에서 울고 있었다.
산새들 퍼덕이며 애잔한 울음 더해주고
빛바랜 민둥나무들 찬바람에 떨고 있었다.

그날의 아픔을 기억하고 있는지
산은 입을 다문 채 말이 없고

포탄이 장렬히 터지던 산비탈은

가시덤불 속에 숨죽이고 있었다

바람은 얼어붙은 해변을 휩쓸어 오고

서해를 가로질러 달려오던 파도는

풀썩 한숨을 토하더니

끝내 거친 울음을 쏟아놓았다.

코로나가
준
선물

　햇살이 간지럽힌다. 창문을 열고 일광욕을 하는 중이다. 아파트지만 창 너머로는 남한산성이 손에 닿을 듯 둘러싸여 있다. 이곳으로 이사 온 지 4년째, 남한산성 공기를 마시고 산 덕택인지 큰 병 없이 사는 것만으로도 남한산성 덕을 많이 보고 사는 것 같다.

　코로나19로 인해 집 밖으로 외출도 못한 지 두 달은 넘은 것 같다. 미장원 다녀온 지도 오래되어 머리를 묶을 정도로 길어졌다. 처녀 때 길러보고 결혼해서 이렇게 머리를 길러보긴 처음이다. 미장원도 못 가고 목욕탕도 못 가고 모든 걸 집에서 해결해야 한다. 남편 머리도 너무 길어 내가 잘라주었다. 큰딸은 이발 도구를 사서 사위와 손주들 머리를 손수 잘라 주었다고 카톡에 사진을 올려 기특하다고 말해 주었다. 코로나는 생전 안 해 본 것들을 해보게 만들었다.

　카톡으로 친구들은 살아도 사는 게 아니다. 봄은 와도 봄이 아니다. 죽은 듯 있어야 산다는 말들이 난무한다. 가고 싶은 곳도 못 가고, 먹고 싶은 것 맘대로 못 먹고, 보고 싶은 것 못 보고…. 집에 꼼짝없이 갇혀 있다 보니 살맛이 안 나는 것도 당연하다.

다행히 우리 집에서 내려다보이는 남한산성 올라가는 산책로에는 늘 사람들이 마스크를 끼고 한두 사람씩 오르는 게 보인다. 사회적 거리 두기를 너무 잘 지키다 보니 갈 곳이라곤 남한산성 오르는 일밖에 없다. 모자 마스크는 필수로 착용하고 남편이 안 가는 날에는 혼자라도 갔다 와야 하루가 끝난다. 자주 오르다 보니 이쪽저쪽 사잇길로 난 오솔길도 이젠 훤하다. 올해는 유난히 진달래가 온 산을 뒤덮고 있다. 아니 작년에도 이렇게 피웠을 텐데 올해처럼 샅샅이 산속을 헤매고 다니지 않아서 못 본 것일 게다.

3월 중순부터 마른 나뭇가지에서 꽃이 피기 시작하더니 4월 초순까지도 연달아 피어 있는 걸 보니 새삼 봄이 무르익어감을 느낀다. 제아무리 코로나가 봄을 앗아갔다고 불평을 하지만 자연은 거짓말을 하지 않는다. 거스르지 않고 매화 산수유 목련을 피우고 지금은 벚꽃이 만개하고 있지 않는가.

산을 가로질러 오솔길을 오르락내리락 하다 보면 여기저기 연분홍 꽃잎들이 하늘거리는 진달래가 어쩌나 반갑고 사랑스러운지 올봄에 코로나가 준 선물임에 틀림없다. 비로소 봄은 저 혼자 와서 저 혼자 지고 있구나 확인하게 되었다. 나에게 살며시 봄을 가져다준 진달래에게 고맙다는 인사가 절로 나온다.

나도 저 진달래처럼 예쁘게 꽃 피던 봄날이 있었을 텐데 진달래 먹고 물장구치던 어린 시절은 꿈결처럼 가 버리고 지금의 나는 반백이 되어 이곳에 황혼을 맞이하고 있다.

이제 나도 철이 들어가나 보다. 사람은 죽을 때까지 철이 든다더니 맞는 말이다. 이젠 모든 게 고맙고 감사하다. 지금까지 큰 사고 없이 살아왔으니 무얼 더 바랄까. 자식들도 제 갈 길 찾아 잘 가고 있으니 이젠 걱정도 내려놓아야겠다.

오늘 눈을 감아도 후회 없이 살았으니 남아있는 삶은 더 넉넉하게 베풀고 다정다감한 아내였고 인자한 엄마였고 믿음직한 친구였다고 말해 준다면 그보다 더 바랄 게 없다.

코로나가 집에 머무를 수 있는 시간을 만들어 주어서 내 자신을 되돌아보는 시간을 갖게 된 것 같다.

모임이 많아 매주 서너 번씩은 꼭 나가게 되고 집에 오면 겨우 저녁 해 먹기 바쁘다 보니 집안 살림은 뒷전이고 차분히 앉아 책 읽을 시간도 없었다. 글을 써야지 하면서도 집중하지 못하니 글 쓰는 일은 점점 멀어졌다. 집안에만 있어 보니 이제야 내가 너무 밖으로 나돌았구나 하는 자책을 해보게 된다. 남편이 하는 말은 귀에도 들어오지 않더니 이제 스스로 깨닫게 되었다.

그동안 쌓아두었던 옷장 정리도 하고 안 입던 옷도 몇 보퉁이를 내다 버렸다. 냉장고도 알코올로 청소하고 김치냉장고에 있던 오래된 김치도 처분하고 삼시 세 끼 따뜻한 밥해 먹으니 남편은 코로나 덕을 본다고 좋아한다.

그동안 미루어왔던 살림살이도 챙겨보고 못 담가 먹던 열무김치, 파김치, 오이소박이까지 담그는 걸 보고 코로나19 덕택이라고 하니 나도 모르게 피식 웃음이 나온다. 나도 마음이 차분해지고 안정을 찾게 되었다. 이 또한 코로나가 준 선물이라고 생각한다. 코로나로 인해 많은 희생자가 나오고 온 세계가 대란을 겪고 있지만 때가 되면 이 또한 지나가리라 믿는다. 코로나 바이러스가 우리에게 잊어버린 중요한 교훈을 상기시키기 위해 보내온 빌 게이츠의 메시지를 되새겨본다.

우리 모두는 평등하고 모두가 한 사람 한 사람에게 연결되어 있어 영향을 미치며 건강이 얼마나 소중한 것인가를 일깨워 준다. 우리의 삶은 짧고 나이 든 자와 아픈 사람은 도와주어야 하며 사치품보다는 필수품(음식, 약, 물)이 더 중요하고 우리의 가족과 가정이 중요하다고 했다. 서로 보살피고 서로 보호하고 이로움이 되는 일을 해야 하며 우리의 자아를 점검해 보는 시간을 갖자고 했다. 서로 돕고 나누고 베풀고 지지할 줄 알아야 하고 우리가 인내하거나 당황할 수도 있음을 상기하고 이것이 끝이거나 새로운 시작일 수 있으며 이 지구가 얼마나 아프다는 것을 상기시켰다. 모든 어려움 후에는 항상 여유가 있어야 하고 코로나가 큰 재난으로 보고 있지만 나는 이 바이러스를 올바른 교정자로 보고 싶다고 했다. 우리에게 절실하게 공감이 가는 이 소중한 메시지도 이번 코로나가 준 선물이다.

하늬바람과
마파람

어렸을 때 시골에서 자란 나는 날씨 걱정하는 부모님 소릴 자주 들었다. 마파람이 불어서 비가 올 것 같다는 둥 하늬바람이 불어서 오늘은 날씨가 좋을 것 같다는 둥 바람을 가지고 날씨를 예측하셨다. 그때는 일기예보도 없었으니 나름대로 그런 방법으로 날씨를 예측하고 농사를 지었을 것이다.

동서남북의 방위가 생기기 이전엔 동을 새, 서는 하늬, 남은 마, 북은 높이라고 했다. 그래서 남풍을 마파람이라 했고 집을 등지고 있을 때 마주 불어오는 바람으로 앞바람이라고도 했다. 하늬바람은 서쪽에서 부는 바람으로 가을에 불어오는 소슬바람을 말한다. 샛바람은 초가을에 부는 동풍으로 강쇠바람이라 부르기도 했다. 높바람은 겨울에 불어오는 북풍으로 외투 깃을 세우게 만드는 추운 바람이다. 높새바람은 동북풍으로 봄에서 초여름에 걸쳐 부는 바람으로 고온 건조하고 농작물에 피해를 가져오는 바람이기도 했다. 그 외에 뒤에서 불어와 치마를 들추는 꽁무니바람, 맵고 독하게 부는 고추바람, 보드랍고 화창하게 부는 봄날의 명주바람, 배가 뒤집힐 정도로 세게 부는 싹쓸바람…. 이름도 가지가지이다. 이렇듯 우리말은 바람 앞에 붙이는 이름에 따라 방향, 세기, 계절을 다 읽어 낼 수 있으니 얼마나 폭넓고 다양한 의미가 담겨 있는지 알 수 있다. 우리 조상들이 만들어 썼던 이런 말들이 너무 아름답고 자랑스럽다.

그중에도 어렸을 때부터 흔히 들어왔던 마파람과 하늬바람은 요즘엔 잘 들어 볼 수 없다. 혹 아주 사라져가는 우리말은 아닌지 안타깝다.

나는 바람을 좋아한다. 그중에도 하늬바람을 좋아한다. 가을에 불어오는 소슬바람이 단풍을 재촉하듯 불기 시작하는 계절, 산들산들 파고드는 하늬바람 맞으러 서해바다 쪽으로 훌쩍 여행을 떠나고 싶다.

하늘
다음 태백
- 바람의 언덕에 오르다

대학 동창 모임에서 여름방학 때마다 1박2일 여행을 떠난다. 올해는 태백시로 행선지를 정하고 고속버스를 전세 내어 16명의 친구들이 길을 떠났다. 좌석이 넉넉하여 두 좌석에 한 사람씩 편안히 앉아 4시간 가까이 차를 타고 숙소인 태백 오투 리조트에 도착하였다. 1,200m 높은 고지에 우뚝 솟은 리조트가 위풍당당하게 자리 잡고 있다. 먼저 체크인 해놓고 우리는 가고자 했던 바람의 언덕으로 차를 몰았다. 마침 비가 오기 시작했지만 계획대로 진행하기로 했다.

우리나라에서 바람의 언덕이라고 이름 붙인 곳이 몇 군데 있지만 이곳에 있다는 것은 오늘 처음 알았다. 바람의 언덕 입구에서 버스는 출입 금지령을 내렸다. 비만 오지 않았어도 걸어갔을 텐데 할 수 없이 콜택시 4대를 불렀다. 오르는 3.7km의 비탈길은 온통 고랭지 배추가 심어져 장관이다. 45만 평에 이르는 고랭지 배추밭은 이곳에 사는 화전민들이 돌로 된 비탈을 10년 동안 개척하여 오늘에 이르렀다고 한다. 주인은 24명에 불과하고 계약 재배를 하여 이 어마어마하게 많은 배추가 모두 서울이나 경기 지역으로 거의 올라간다고 한다.

택시를 타고 산비탈을 한참 올라가니 정상에는 키가 전봇대보다 더 큰 풍력 발전기 8대가 위상을 자랑하며 은빛 바람개비가 하늘 높이 돌아가고 있다. 날씨가 맑았더라면 전망이 더 좋았겠지만 안개와 구름에 가린 풍경도 끝내주게 멋지고 이국적이다. 우린 차에서 내려 백두대간 매봉산이란 푯말을 지나 '하늘 다음 태백 바람의 언덕'이라고 새겨진 비석을 보니 감개무량하였다.

이국적인 네덜란드식 풍차가 있는 정상까지 우산을 쓰고 올라가 보았다. 하늘 봉우리라는 뜻의 천의봉에 거센 바람이 1년 내 불어 이곳에 8개의 풍력발전기를 세워 1대당 1년에 1,000가구가 쓸 수 있는 전력을 생산해 내고 있다고 한다. 오르는 길은 양쪽으로 자생식물이 우거져 있고 수풀 속에는 야생화가 비에 함초롬히 젖어있다. 산비탈 쪽을 내려다보니 배추가 끝없이 펼쳐져 있고 구름 속에 우리와 풍력 발전기가 둥둥 떠 있는 느낌이었다. 이곳이 1,200m의 고지여서 하늘과 맞닿아 있는 바람의 언덕으로 부르고 있음을 알 것 같았다. 비를 맞으면서도 사람들이 이곳을 찾는 이유가 바로 여기에 있다고 생각되었다. 우리는 바람의 언덕을 내려와 비가 억수같이 오는데도 삼척으로 차를 몰았다.

삼척 용화에서 해양 레일바이크를 타고 해변을 따라 달리는 코스가 예약되어 있었다. 마침 출발지에 도착하니 비는 거의 멎은 상태다. 2

인용 좌석에 앉아 바퀴를 굴리며 6시쯤 출발하였다. 바닷가를 따라 자전거를 타듯 50분간을 신나게 달렸다. 비도 그치고 더위는 싹 물러가고 상쾌하게 불어오는 해풍을 맞아가며 소나무 숲에서 풍기는 솔향기를 들이마시니 웰빙이 따로 없다는 생각을 했다. 중간쯤 쉬었다 가는 간이역에서 내려 그곳의 아름다운 풍경에 흠뻑 빠졌다. 끝없이 펼쳐진 바다를 보니 마음이 날아갈 것처럼 상쾌하다. 잠시 후 다시 레일바이크를 굴리며 이젠 터널 속을 달리기 시작한다. 터널마다 이름을 붙여놓고 터널 속을 아름답게 꾸며놓았다. 황영조가 태어난 고장이라하여 만든 황영조 기념 터널에는 황영조를 소개하는 사진과 상을 타는 모습들을 전시 해놓고, 미래형 도시 터널에는 각종 네온사인이 화려하게 반짝이니 마치 멋진 쇼를 구경하는 것 같다. 긴 터널 속을 저렇게 꾸며놓으니 지루한 줄도 모르고 금방 마지막 역인 궁촌 역에 도착했다. 친구들도 너무 좋았다고 한마디씩 감탄사를 연발했다. 버스가 이곳으로 와 대기하고 있었다. 7시 반이 넘어 어두워진 밤길을 태백까지 달렸다. 태백 한우 식당에서 저녁을 먹고 숙소에 왔을 때는 11시가 다 되어서였다. 다음 날 아침에는 오투 안에 있는 온천 수영장을 가든지 오투 산책 코스를 갔다 오든지 자유롭게 하기로 했다.

다음 날 5시 반쯤 눈을 떴다. 아무래도 깊은 잠을 못 잔 탓인지 머리가 찌뿌듯하였지만 먼저 일어난 두 친구와 아침 산책길에 나섰다. 날씨는 활짝 개어 동해에서 해가 둥실 떠오르고 있다. 해발 1,200m 고지여서 그런지 시원한 바람이 여간 기분 좋은 게 아니다. 산책하기 좋게 길을 잘 닦아 놓은 숲길을 한참 오르다 보니 1,700m라고 써진 나무 푯말이 세워져 있다. 앞으로 걸어야 할 길을 안내해 놓은 듯하다. 거기서부터 내리막길이 시작되었다. 나무받침대로 계단을 만들어 놓아 내려가기가 한결 수월하였다. 맨 아래까지 내려가니 어디선가 계곡 물소리가 요란하게 들려온다. 그곳에는 나무로 만든 의자를 두어 쉬어갈 수 있게 해놓았다. 친구들과 나는 간단한 체조를 하고 흐르는 계곡물에 손을 담그고 세수를 했다. 차가운 물이 온 심장을 적시는 듯 간담이 서늘하다. 이 물이 얼마나 깨끗한지는 모르지만 한 바가지 떠서 마셔도 될 것 같았다.

콸콸 흐르는 계곡물을 따라 길이 이어져 있다. 한참 내려가다 내 모자를 아까 의자에 벗어놓고 그냥 왔다고 했더니 명신이란 친구가 자기가 가서 가져오겠다고 급히 올라갔다. 그냥 가자 해도 날렵한 몸으로 가뿐하게 뛰어가는 그녀를 말릴 수는 없었다. 정형이란 친구는 여기 바위 위에 잠시 걸터앉아 명상을 하자고 했다. 손을 무릎 위에 편안히 놓고 바른 자세로 눈을 반만 지그시 감고 코로 숨을 들이켰다가 입으로 천천히 뱉어내라고 했다. 한동안 그 상태로 조용히 있노라니 물소리 새소리 바람 소리까지 들리는 듯 적막이 온몸을 감싸고 차가운 공기가 피부까지 촉촉이 스며들어 왔다. 나무냄새 풀냄새가 상큼하게 스쳐온다. 머리로 얼굴로 가슴으로 스며드는 몰입의 상태가 잠시 지속되다가 친구가 오는 바람에 깨어났다. 온몸이 새로 태어난 듯 가벼워지고 생전 처음 느껴보는 평화로운 나 자신을 발견했다. 정형이와 명신이가 너무 고마웠다. 항상 언니처럼 우리 친구들을 챙겨주어서 늘 미더운 친구였다. 해가 높이 솟아 나무들이 초록빛으로 반짝반짝 빛나고 나무로 걸쳐 놓은 징검다리 위에 고추잠자리가 앉아서 물소리를 듣고 있는지 조용하고 풀벌레가 나뭇잎 위로 뛰어가기도 했다. 아침 숲속은 모든 게 그 자리에 있어야 할 곳에 있는 듯 나무 한 그루, 풀 한 포기도 소중하게 느껴졌다.

이곳 숲속에서 쏟아지는 피톤치드는 서울보다 170배가 더 많이 나온다고 하니 지금 이곳에 있는 우리는 자연의 어마어마한 혜택을 받고 있는 것이다. 잠시라도 이 숲속으로 와서 맑은 기운을 받아 가지고 가는 게 꼭 필요할 것 같다. 머리도 맑아지고 산의 정기를 받으니 절로 힘이 솟는 것 같아 나는 야호 하고 목청껏 소리를 질렀다. 그만 정형이가 내 입을 가로 막았다. 숲속에 있는 새나 짐승들이 깜짝 놀란다는 것이다. 그것들은 청각이 몹시 예민해서 발자국 소리에도 놀라 심장이 콩닥거리며 주위를 살핀다는 것이다. 나는 숲속에서 지켜야 할 것에 대해서 모르는 게 너무 많아서 민망스럽기 짝이 없었다. 그때야 목소리를 낮추며 미안하다고 했다. 역시 아는 것도 많고 듬직하기만 한 친구 덕분에 많은 걸 깨닫고 느끼게 되었다.

내리막길을 걷다가 다시 오르막길로 접어들었다. 표지판에는 아직 남은 거리가 700m였다. 나무들은 생명력이 강해 바위 위에도 뿌리를 내리고 꿋꿋이 자라고 있다. 맹감나무. 산딸기나무. 개암나무도 눈에 띄었다. 산책길에서 산소와 음이온을 가득 마시고 피톤치드를 넘치도록 받고 오니 내 몸은 10년은 젊어진 듯 생기가 넘쳤다.

아침을 먹고 장산 콘도를 둘러보고 태백 시내에 있는 황지연못으로 갔다. 낙동강의 발원지라고 했다. 조그만 연못인데 물이 너무 맑아 깜짝 놀랐다. 수심이 4m 정도인데 하루에 5,000톤의 물이 솟아올라 낙동강까지 흘러간다는 것이다. 물이 너무 투명하여 연못 바닥이 환히 들여다 보였다. 주변이 주택과 상가로 둘러싸여 있는 곳인데 이렇게 맑은 물이 엄청나게 솟아오르다니 참으로 신기하다. 주변을 깨끗이 가꾸고 구경 오는 사람들도 조심스럽게 둘러보고 가도록 관리를 잘하고 있었다. 이 연못이 생긴 지 오랜 세월이 흘렀어도 아직도 물이 펑펑 솟아 흘러내리고 있으니 이 지방의 큰 보물이요 자랑거리가 아닐 수 없다.

점심 후 우리는 마지막으로 한강의 발원지인 검룡소를 보러 가기로 했다. 창죽동 금대봉의 산기슭에 있는 검룡소까지 걸어가는 데 왕복 2.8km라고 한다. 차에서 내려 30분 정도 물이 흐르는 계곡을 따라 올라갔다. 황지연못과 달리 산속에 발원지가 있다는 점이 달랐다. 소나무와 전나무가 어우러진 숲길을 지나다보니 개망초가 하얗게 떼 지어 하늘거리고 물 봉숭아와 애기똥풀 꽃이 여기저기 피어 우리를 반기는 것 같다. 사람들이 많이 와서 구경하고 있는 게 보이니 드디어 발원지까지 다 왔나 보다.

나무계단을 따라 올라가니 조그만 바위 밑에서 맑은 물이 샘솟고 있었다. 저 밑에서 솟아나는 물을 일부러 바위로 막아놓았다. 물의 깊이를 가늠할 수 없을 정도로 깊어서 위험하기 때문이라고 한다. 하루에 2,000톤의 물이 흘러나와 정선 영월 충주 양평 김포 등 5개 시·도를 지나는 514.4km의 긴 강을 이루고 있다고 한다. 이 물줄기는 폭포를 이루면서 계곡으로 흘러내리고 사계절 9℃의 수온을 유지하고 있으며 주변이 푸른 이끼로 뒤덮여 있는 신비로운 자연 생태 보호구역으로 자생식물이 많이 분포되어 있다. 우리가 늘 접하는 한강의 발원지이기에 더욱 애착이 가는 특별한 곳이었다. 친구들은 그곳에서 흘러내리는 폭포를 배경으로 사진을 찍었다.

검룡소를 끝으로 우리의 일정은 끝이 났다. 이번 여행은 짧았지만 쉽게 가 볼 수 없던 곳을 갈 수 있게 특별히 신경 써 준 친구들에게 여러 가지로 고맙고 유익한 나들이였다고 말하고 싶다. 특히 장관을 이루던 '하늘 다음 태백 바람의 언덕'을 날씨가 산들산들한 가을쯤 다시 오르고 싶다.

우울의 늪에서
헤어 나오기

우울증에 시달리는 사람들을 간혹 본다. 세상 살기 힘들고 어려워서 그렇기도 하고, 뜻하는 대로 매사가 이뤄지지 않아서 그렇고, 몸이 아프거나 비대해져서 그렇고… 이유를 들자면 끝이 없다.

그 사람들은 왜 사는 게 재미가 없고 무의미하고 허탈하여 끝없는 나락으로 빠져드는 걸까. 그 늪에서 허우적거리며 그나마 짧은 인생을 허비하고 있을까. 물론 살아가기가 너무 빠듯하고 고통스러워 그런다면 이해가 갈지 모르지만 갖출 것 다 갖추고 부족함 없이 잘 사는 집에서 우울증의 늪 속을 헤매이기도 한다. 차라리 어렵고 힘든 사람은 그날 하루하루를 살아가기 위해 힘겹게 뛰어야 하기 때문에 우울해할 시간조차 없다고 한다면 모를까, 오히려 넉넉한 집안의 부인이나 남편들이 더 많이 우울의 늪에서 벗어나지 못한다는 것이다. 그렇다면 우울증은 고생해 보지도 않고 모든 게 척척 잘 돌아가는 사람들에게 달라붙어 꿈틀거리는 사치한 생각이요, 쓸데없는 망상일도지 모른다. 그렇게 가볍게 넘어가면 좋겠지만 오래도록 만성에 시달리다가 죽음으로 끝을 맺는 경우가 있으니 심각하고 끔찍한 일이 아닐 수 없다.

얼마 전 탤런트 E 양이 우울증에 시달리다가 결국 자살에 이르게 되었다는 보도를 보고 도무지 믿어지지가 않았다. 참신하고 나무랄 데 없이 연기도 잘하던 그녀가 꽃다운 나이에 죽음을 택했다니 너무도 안타깝고 슬픈 일이다. 병원까지 다니면서 치료해 보려고 노력했음에도 빠져나오지 못할 만큼 깊은 수렁에 빠져 있었음일까?

인터넷 자살사이트에서 만난 젊은이들이 네 명이나 함께 자살한 사건도 있었다. 더 이상 붙잡고 살아야 할 이유를 찾지 못하고 삶의 끄나풀을 놓아버린 사람들, 어린 학생부터 늙은 노인들까지 종종 가슴을 서늘하게 하는 경우를 보지 않았던가.

고등학교 때 친구가 생각난다. 머리도 좋고 예쁘게 생긴 친구였다. 하루는 학교에 남아서 놀다가 그 친구를 따라서 과학실에 가게 되었다. 이거저거 살펴보던 그 친구가 청산 가루를 조금 덜어내는 것이다. 깜짝 놀라 왜 그러느냐고 다그쳤더니 그냥 비상약으로 가지고 있을 거라고 종이에 싸서 주머니에 넣는 것이다. 강력하게 말렸지만 그 친구는 말을 듣지 않았다. 나는 너무 불안하여 오는 길에 선생님께 그 사건을 알리지 않을 수 없었다. 다행히 선생님이 그 친구를 찾아가 약을 빼앗았기에 망정이지 만일 어떤 불상사가 일어났다면 어찌했겠는가. 그러나 그 우울증이 오래오래 그 친구를 붙들고 늘어져 몇 번이나 자살 소동을 벌이다가 결국은 자살했다는 소식을 들었다. 대학을 나와서 교직생활을 몇 년 하다가 기어이 생을 마감한 것이다. 무엇이 그 친구를 붙들고 놓아주지 않았는지 알 수 없지만 지금도 그 친구를 생각하면 가슴이 찡해 온다.

그들은 굳이 살아야 할 이유를 찾지 못하고, 삶보다는 죽음이 더 그들에게 손짓했기 때문일 것이다. 삶의 의욕을 놓아버리기 전에 그들을 어떻게 구제할 수는 없을까?

세상에 할 일이 태산 같은데 나를 살려줄 어떤 취미 하나라도 붙잡고 매달려 보든지, 책을 많이 읽거나 운동에 몰입해 보든지, 그래도 마음속 응어리가 풀리지 않으면 차라리 멀리 여행을 떠나 마음속 찌꺼기들을 날려 보냈으면 그런 일은 일어나지 않았을 텐데… 이런 생각들이 꼬리를 물고 일어난다.

나 자산을 잃어버린 사람들일까, 나를 너무 사랑한 사람들일까, 나 하나 다스리지 못하고 이 세상 누구보다도 소중한 자신을 내동댕이칠 수 있었을까. 세상을 좀 더 긍정적인 눈으로 바라보았더라면 하는 안타까움이 든다. 모든 걸 용서하고 껴안을 줄 아는 마음의 소유자였다면 결코 그런 일은 없었을 거라고 생각한다. 세상 살기가 너무 비정하고 팍팍하여 더는 살 수 없다고 생각했을 것이다. 죽음보다 더 선택할 만한 삶의 건덕지를 찾을 수 없어 죽었다 해도 자꾸만 고개를 흔들게 만드는 건 왜일까. 영원한 의문이요, 수수께끼로 남게 될 뿐이다.

사람들은 자기에게 주어진 삶을 그대로 받아들여 다독거리며 살아가려는 긍정적인 자세가 필요하다. 그 삶이 수준 높은 위치에 있던 낮은 위치에 있던 주어진 그만큼 받아들이고 감사하며 살아간다면 그런 최악의 사태는 가지 않았을 것이다. 세상살이에 너무 욕심부리지 말고 주어진 현실에 충실하며 홀가분하게 살자. 밝고 건강하게 긍정적으로 살아가자.

'삶이 그대를 속일지라도 슬퍼하거나 노여워하지 말라. ~ 현재는 언제나 슬픈 것 ~ 지나간 것은 늘 그리워지나니'라던 푸시킨의 시가 문득 가슴에 와닿는다.

아무것도
아닌 것에
대하여

말은 마음의 반영이요 사회의 거울이라고 한다. 말이 그만
큼 중요한 것임에도 사람들은 말을 너무 함부로 하는 경향이 있다.

남을 부정적으로 받아들이는 사람은 상대방이 못마땅하거나 아니
꼬울 때, 뒤돌아서서 하는 말 중에 하나가 '아무것도 아닌 것이' 혹은
'아무것도 아닌 주제에'라고 투덜거린다.

간혹 누가 잘난 척하면, '아무것도 아닌 것이 잘난 척하기는' 하고
입을 삐죽인다든지 또 누가 잘했다는 듯이 폼을 재면, '아무것도 아닌
주제에 폼 잡기는' 하고 같잖다는 듯이 빈정거린다. 사실 '아무것도 아
닌 것이'의 '아무'라는 말을 살펴보면 '어떠한'이라는 뜻이 된다.

분명 아무것도 아니라고 튕길 때는 상대방이 만만치 않을 때 그를
비하해서 내뱉는 말이다. 뭔가 나보다도 잘나 보이니까 깔아뭉개는
말이 아닐까. '아무것도 아닌 것'이라고 습관처럼 내뱉는 사람은 자기
가 그 사람보다는 못한 것 같기 때문에 자격지심으로 심사가 뒤틀려

나오는 소리일 것이다. '아무것도 아닌 것'은 무용지물이라는 뜻이다. 있으나 마나 한 존재를 그리 이르는 말일 것이다.

싸우면서도 흔히 '아무것도 아닌 주제'에 덤빈다는 식으로 싸움이 시작되기도 한다. 싸울 만한 자격도 없으면서 괜히 허세를 부린다는 식이다. 싸울 때는 '아무것도 아닌 것'을 이겨낼 감당도 못하면서 '아무것도 아닌 것'이 그런다고 쐐기를 박아 몰아붙인다.

'아무것도 아닌 것'에 대해 왜 그리 비위 상해하고 화를 낼까. 아무것도 아니라면 우리 마음을 평상심으로 돌려야 할 텐데 꼭 화를 내게 하는 이 말이 참 얄밉지 않은가.

상대방이 아무것도 아니라면 나는 과연 무엇일까를 먼저 생각해 볼 일이다. 무심코 던지듯 내뱉는 말, 그 한 마디가 상대방에게는 큰 상처를 줄 수 있는 무서운 위력을 지녔다는 것을 상기하고, 자신에게도 알게 모르게 인격의 마이너스를 가져온다는 것을 명심할 일이다.

내가 상대방을 아무것도 아니라고 인정했다면 나도 누군가로부터 그런 말을 들었을지도 모른다. '아무것도 아닌 것'이라고 씩씩거리며 상대방을 깔아뭉개는 그런 의식은 고쳐야 한다. 나를 야비하게 만드는 품격 없는 말이기 때문이다. 누군가를 그렇게 몰아붙이면 언젠가는 그 말이 내게로 돌아온다는 것을 잊지 말 일이다.

사실 아무것도 아닌 무심상의 존재는 깊이 생각해 볼수록 미묘하게 깊어지는 법이다. 아무것도 아닌 것에 깊은 뜻이 내재되어 있다는 뜻이다.

아무것은 무한대로 넓고 깊은 뜻이 담겨 있어 도를 닦는 사람들이 그 뜻을 터득하려고 화두로 삼고 수행하는 감히 접근하기 어려운 말이기도 하다. 항상 입조심하며 한 마디 말을 내던지기 전에 부처님의 말씀을 한번 생각해 볼 일이다.

오늘 그대는 몇 번 남을 칭찬하였는가. 또 몇 번 남의 허물을 말했는가. 칭찬하면 광명이 그대 주위에서 빛나고 비방하면 어둠이 그대를 감고 돌아간다. 칭찬하는 마음에는 광명의 세계가 열리고 비방하는 마음에는 가시덤불이 엉기나니 입은 진실과 광명을 토하는 문이다.

인생의 네 계절
네 가지 색

인생을 네 계절로 나누면

봄은 10~20대의 소년기 시절이다.

그땐 모두가 희망이고 꿈이었다.

파릇파릇 돋아나는 새싹처럼 세상은 싱그러운 연녹색이었다.

도화지엔 온통 연녹색의 나무와 풀과 꽃들이 생글생글 웃고 있었다.

즐겨 입던 옷은 연녹색 블라우스에 진녹색 스커트가 선명히 떠오른다.

여름은 30~50대의 청년기이다.

뭐든지 하면 할 수 있다는 자신감이 넘치고 당당했다.

꿈꾸면 모든 게 이루어진다고 믿고 있었다.

푸른 바다에 첨벙 뛰어들어 헤엄치기를 두려워하지 않았다.

도화지엔 파란 하늘과 푸른 산이 가득했다.

하늘색 원피스와 청바지도 좋아했던 옷이다.

가을은 60~70대 장년기이다.

나무들도 단풍이 들고 열매를 맺듯이 우리 마음도 여물어 가고 차분해진다.

내가 잘 살아가고 있는 건지 되돌아보고 지난날을 반추하게 된다.

그렇게 좋아하던 청색은 밀려나고 갈색이나 주황색을 찾게 된다.

도화지엔 황갈색 낙엽이 뒹굴고 서산엔 노을빛이 물들고 있다.

옷을 고르면 편안하고 자연스럽게 황갈색 계통으로 마음이 쏠린다.

겨울은 80~90대 노년기이다.

온천지에 하얗게 눈이 내린다.

온 세상이 적막하고 고요하다.

내 마음속 화선지에는 수수한 수묵화가 그려진다.

그때쯤 나는 하얀 머리에 흰옷을 입고 눈사람을 만들고 있을지도 모른다.

그리운 사람들이 하얗게 보고 싶어서.

테이블
마운틴에
올라

빙 돌아가는 곤돌라를 타고 1,000m가 넘는 그곳에 올랐지.

테이블처럼 평평하게 펼쳐진 그곳,

벼랑 아래 내려다보는 아찔한 풍경이 내 심장을 뛰게 했어.

시퍼런 물결이 마운틴을 향해 달려오다 하얗게 솟구치는 광경은 가슴을 서늘하게 했어.

마운틴을 한 바퀴 도는 동안 그곳에 숨어있던 동식물들의 생명력은 남아프리카라는 것을 상기시켰어.

발 아래 펼쳐 보이는 바다는 대서양과 인도양이 마주하고 있다니 나는 그만 깊은 숨을 몰아쉬며 넘치는 정기를 받아오려 애썼지.

경관이 기막힌 그곳에서 좀 더 머물 수 있었더라면 좋은 글 한 편 건져 올 수 있었을 텐데.

뒤돌아 내려오는 길은 자꾸만 누군가 내 발길을 잡아당기는 것 같았어.

지금도 눈 감으면 사로잡는 풍경들 필름처럼 돌아가며 소용돌이치고 있어.

닦으면
빛난다

날마다 닦으며 살아가는 게 우리의 삶이다.

하루라도 닦지 않으면 미명에 가리게 된다.

마치 오래 닦지 않은 유리창처럼 뿌옇게 흐려진다.

유리창을 매일 닦으면 투명하게 맑아지고

구두를 매일 닦으면 반짝반짝 광채가 난다.

미세먼지 많은 요즘 닦는 일은 필수가 되었다.

먼지를 뒤집어쓴 차를 닦으면 말끔한 새 차가 되듯

닦지 않으면 우리네 주변은 먼지에 쌓여 쓰레기 더미가 된다.

하물며 우리 몸과 마음을 닦지 않으면 어찌 될까.

닦는 일이 좀 힘겹지만 그 고단함 뒤에는 마음은 정갈해지고

몸은 단련되어 우리의 삶이 한층 업그레이드될 것이다.

놋그릇을 닦으면 본연의 색을 되찾듯이 몸과 마음을 닦고 또 닦으면

참된 자아의 본 모습을 찾게 될 것이다.

빛나는 걸 알고 싶다면 닦는 일에 열중하라.

헛된 욕심 이기심 모두 버리고 도를 닦듯 어떤 유혹에도 흔들림 없이

나 자신을 닦고 또 닦을 일이다.

산책길

꽃들이 총출동했습니다.

공원은 온통 꽃의 축제입니다.

흠뻑 머금은 미소로 산뜻하게 차려 입고

산책 나온 이들을 맞이합니다.

참 힘드셨죠? 다리 아프시죠?

다 잊으시고 저희를 눈여겨 봐주세요.

지난겨울 꽁꽁 얼어붙는 추위 속에서도 오늘을 위해 참고 또 참았답니다.

오늘의 내가 있기에 여러분도 이 자리에 있는 것이지요.

꽃은 빨강 노랑 파랑 분홍 보라 갖가지 색 잔치를 벌였습니다.

호수 위에 비친 제 모습을 보며 나르시시즘에 빠지기도 합니다.

어느 꽃 하나 예쁘지 않은 꽃이 없습니다.

겨울을 이겨 냈기에 청초한 아름다움을 자랑합니다.

향기를 마음껏 발산하면 사람들은 그 향기에 취해 순수해집니다.

산책길에서 깨달은 사람들은 소망합니다.

온 세상이 저 꽃들만큼 아름답고 향기롭기를-

온 세상이 저 꽃들만큼 천진하고 순수하기를-

온 세상이 저 꽃들만큼 사랑받고 행복하기를-

겨울이나 봄엔
봄동이 푸릇푸릇
자라고
여름엔 콩밭 깨밭
수수밭을 지나면서
톡톡 콩 까지는 소리를 들으면서
걸곤 했다. 얼마나 적막했으면
콩 까지는 소리가
다 들렸으랴.
ㅡ박하영

그림 때광수

작품해설

폭넓은 문학
언어의 예술성

지연희
한국여성문학인회 이사장

폭넓은 문학 언어의 예술성

지연희 | 한국여성문학인회 이사장

수필문학은 꾸미지 않는 순수의 아름다움 그대로 슬픔이거나 기쁨이거나 마음 밭에 마주 앉아 대화를 나누는 조용한 만남과도 같다. 하루 내 삶의 바다에서 일으켜 세운 울분과 한 마름의 기쁨으로 체험한 가슴 속 울림을 사유의 세계로 침잠시키는 깊은 우물의 미학을 겸허히 수용하는 까닭이다. 마른 물의 깊이를 고요한 침묵으로 채워서 다시금 청정한 샘물을 받아내는 한 점의 의미로 승화되는 한 모금의 마중물이다. 수필은 나무의 뿌리이며 생명을 일으켜 세우는 심도 있는 존재의 근원이다. 뿌리의 힘은 기둥을 세우고 줄기를 뻗어내며 꽃을 피워내는 인체의 등뼈와도 같은 중심축이다. 최소한 사람을 사람다움으로 살아가게 하는 거룩한 성찰의 울림을 지향한다. 얼마 전 박하영 시인이며 수필가의 수필을 감상할 기회가 주어졌다. 오랜 시간 문학 수업을 하면서 시집 2권을 상재하고 이번에 첫 번째 수필집을 준비하는 중이었다. 꽃을 좋아하고 바람을 좋아하는 박 시인의 「벚꽃에 취하다」라는 수필을 감상하면서 계절의 사명에 맞추어

꽃을 피우고 꽃을 지우는 나무의 준엄한 가르침을 체득하게 했다. 자신에게 주어진 삶의 오묘한 질서에 어김없이 순응하고 있다는 사실을 다시금 가슴에 담을 수 있었다. 시인의 수필집 『별 본 밤』을 통하여 필자는 시와 수필 장르를 겸하고 있는 시인의 폭넓은 문학 언어의 예술성을 확인할 수 있었다. 문학이 예술작품의 통일체로 문맥이 이어져야 한다면 박하영 수필의 문장은 이를 뛰어넘고 있다는 점이다. 특히 박 시인의 언어에는 겨울 햇살 같은 따뜻한 정감이 맑은 개울물처럼 고요히 흐르고 있다.

> 겨울이 길게 덜미를 잡고 놓아주지 않던 어느 날이었다. 집 앞 공원에 훈훈한 바람이 가득 들어찼다. 겨우내 움츠렸던 나무들이 슬며시 몸을 풀고 나뭇가지에선 새싹이 가만히 고개를 내밀었다. 새싹보다 빨리 꽃망울이 부풀기 시작한 벚나무 가지에선 툭툭 꽃봉오리가 터져 나왔다.
>
> 아직까지 공원은 삭막했지만 겁 없이 터져 나오는 꽃망울들이 하루가 멀다고 투두둑 뻥튀기처럼 터지더니 며칠 후 공원은 하얀 벚꽃 가지로 그득하게 들어찼다. 온 세상이 하얀 꽃 너울을 뒤집어쓰고 축제의 팡파르를 울리고 있었다.
>
> — 수필 「벚꽃에 취하다」 중에서

막내인 남동생은 본격적인 가수 활동을 하면서 주로 유명 시인들의 시를 작곡하거나 자작시를 작곡하여 불렀다. 정호승, 안도현, 김용택, 김후란, 문병란 등 많은 분들의 시를 작곡하여 불렀다. 그중 문병란 시인의 시인 〈직녀에게〉를 작곡하여 한때 김원중 가수가 부르기도 했다. 우리나라 남과 북을 은하수에 빗대어 통일의 날을 갈망하던 노래로 건전가요 100곡 집에 실려 있는 노래다. 내가 평생 직장으로 다니던 교직을 명퇴하고 시로 등단하여 첫 시집 『바람의 말』을 냈을 때 그 시집 맨 앞 장에 나오는 시 「한 점 고요한 바람이고 싶어」라는 시를 작곡하여 불러 주었을 때 나의 기쁨은 그 무엇보다 컸다. 서울에 서 내게 시의 길을 열게 해주신 지연희 선생님이 주관하는 문학 행사가 있을 때 몇 번 초청하였는데 그때마다 아름다운 노래로 탄생시켜 주어서 감격하지 않을 수 없었다.

– 수필 「잊지 못할 그 노래」 중에서

수필 「벚꽃에 취하다」를 감상하면 시인의 감성이 얼마나 풍부하고 아름다운지를 직관하게 한다. 문학 수업에 참여하기 위하여 집을 나섰던 시인이 얼마나 만발한 벚꽃에 심취했으면 수업시간을 놓치기까지 매료되었을까 예견하게 된다. '한송이 함초롬한 들꽃이고 싶은' 시인의 정서가 극명하게 발휘되는 과정이다. 이와 같은 박하영 시인의 예술적 감성은 가족 모두가 예술인의 유전적 혈맥을 보유한 부모님으로부터 이어받은 흐름일 것이다. 자연의 아름다움 속에 분연히 뛰어들기를 망설이지 않는 마치 소리 없는 노래로 뜨거운 가슴을 내장하듯 홍건히 젖어있는 시인의 몸짓을 바라본다. 조용한 음성으로 춤사위에 젖는 예술 혼을 내장한 그녀의 문학 언어는 예사롭지 않게 조명되고 있다. 말수가 적은 과묵한 성품의 시인, 수필가의 길을 걷는 박 시인의 영혼은 까닭에 천상 시인이며 수필가이다.

'그대 홀로 들길 거닐 때/ 무심코 눈에 떠어 환한 기쁨 안겨 주는/

나 한 송이 함초롬한 들꽃이고 싶어// 그대 창가에서 한숨지을 때/ 그대 눈동자에 슬픔 떨궈주는/ 나 맑은 이슬방울이고 싶어// 그대 이마에 고뇌에 찬 주름 일 때/ 흩어진 머리카락 쓸어 올려주는/ 나 한 점 고요한 바람이고 싶어// 그대 일과에 지쳐 힘겨울 때/ 고단한 심신 아늑히 쉬게 하는/ 나 한 그루 푸른 나무 그늘이고 싶어

- 박하영 시 「한 점 고요한 바람이고 싶어」 전문

위의 시는 박하영 시인의 자작시이며 동생인 가수 박문옥이 작곡한 아름다운 멜로디의 노래이다. 두 남매가 만들어낸 〈바람이고 싶어〉의 음률은 감미로운 가사로 휘어 감는 고혹적인 노래를 탄생시키지 않았나 싶다. 꽃 못지않게 음악을 좋아하는 박하영 시인의 가족사를 보다 섬세하게 짚어보면 부모님 슬하에 팔 남매가 모두 예술적 기능을 타고나 노래를 하거나 작사 작곡을 하고, 그림을 그리던 예능인이었다. 특히 막내 동생인 박문옥 현역 뮤지션은 유명 시인들의 시를 작곡하는 유명인이다. 정호승, 안도현, 김용택, 김후란, 문병란의 시를 작곡하여 노래로 불렀다. 특히 시인 문병란의 「직녀에게」 시는 남녀노소를 불문하여 불려진 노래이다. 박하영 시인의 수필이 말하듯 가족 모두의 예능감이 박시인의 수필 문학적 감성 속에서도 충분하게 표현되고 있다. 필자 역시 〈바람이고 싶어〉의 노래에 빠져 있던 때가 있어 잊지 못할 노래이다.

가을입니다. 온 산야가 울긋불긋 옷을 바꿔 입습니다. 여름날의 뜨거운 고통과 몇 차례 휩쓸고 간 태풍과 한꺼번에 퍼붓던 폭우를 감내하며 기다려온 보람의 대가입니다.

이맘때면 너도나도 때가 되었다는 듯 집을 나섭니다. 자연이 부르

는 소리를 듣고 가만 앉아 있을 수는 없습니다. 누렇게 익어 가는 들판이 풍요롭게 펼쳐지고 있습니다. 붉게 물들 채비를 하는 산은 한껏 아름다운 자태를 드러냅니다. 스쳐 가는 산들바람이 감미롭게 속삭입니다. 올가을은 단풍이 너무 예쁠 거라고요. 4계절을 뚜렷이 자랑하는 우리나라만큼 복 받은 나라도 없을 것 같습니다.

인제를 지나 내린천을 끼고 최고의 운치를 자랑하는 드라이브 코스를 굽이굽이 달립니다. 찌뿌듯했던 머리가 상쾌해지고 더위로 찌들었던 마음이 행복한 에너지로 무한정 충전됩니다. 오늘 찾아가는 곳은 홍천 달둔이라는 마을의 은행나무 숲입니다.

– 수필 「은행나무 숲을 찾아」 중에서

쉽사리 3월은 오지 않는다. 앙상한 겨울을 몰아내느라 여러 번 기침을 하고 재채기를 한다. 날씨가 완연히 풀린 봄날 같다가 돌연 엄동설한처럼 영하로 뚝 떨어져 눈발이 날리기도 한다. 봄을 피우려던 나무와 꽃들을 혼쭐나게 만든다. 이젠 봄이려니 하고 겨울옷 다 집어넣고 봄맞이 궁리하다가 다시 겨울옷을 꺼내 입게 만드는 까탈을 부리기도 한다.

봄은 저 땅속 깊이 오고 있다. 얼었던 땅이 녹는 걸 보면 땅속으로부터 봄의 기운이 일렁이고 있음이 분명하다. 봄기운에 민감하게 개구리가 튀어나오고 얼음 속에서도 복수 꽃이 노오랗게 꽃봉오리를 내민다. 버들가지가 톡톡 눈을 트고 매화, 산수유 가지에 희고 노란 꽃망울이 터지기 시작한다.

– 수필 「물오름 달」 중에서

박하영 시인은 누구 못지않은 여행가라고 해도 부정하지 않을 것이다. 해마다 국내뿐 아니라 해외 많은 나라를 다니며 그곳의 풍습과 특징을 학습하며 견문을 넓히고 있다. 전 세계적인 코로나19의 폐해 속에서 근 3년을 제외하고는 기획적인 여행 마니아로 유익한 삶의 면모를 보여주고 있다. 수필 「은행나무 숲을 찾아」에서처럼 수령 30년이 된 은행나무의 눈부신 생명 존재의 아름다움을 새롭게 발견하는 것이다. 반면 계절 중 봄의 아름다움을 예찬하는 수필 「물오름 달」에서 박하영은 온갖 생명이 나무의 기둥을 타고 올라 꽃을 피우는 봄날의 신비를 경이롭게 펼치고 있다. 이처럼 3월이라는 물오름의 시간이 예비되지 않았다면 모든 식물의 존재 가치는 나무의 심장에 생명을 부여하기 어려웠을 것이다. 누가 말하지 않아도 누가 서두르지 않아도 물오름 달은 저토록 파릇한 새잎을 돋아낼 수 있는 일이다. 얼었던 땅이 녹아내리고 목마른 나무들이 목을 축이는 3월은 온갖 꽃의 잔치로 축제의 기쁨을 나누게 된다. 어쩌면 박하영 수필이 추구하는 아름다운 세상을 감상하고 위로받을 수 있을 것이다. 물오름의 달 3월의 꽃들이 줄줄이 피어나고 줄줄이 춤을 추는 그림을 그려본다.

　　분당에서 제일 아름다운 곳 하면 율동 공원이 아닐까? 나는 매일처럼 그곳으로 운동을 나간다. 나지막한 산이 호수를 둘러싸고 있는 경관이 스위스의 어느 산골 마을을 연상시킬 만큼 너무 아름다워 갈 때마다 이렇게 아름다운 곳이 또 있을까 감탄을 연발하게 된다.

　　호숫가 산책길에는 민들레, 제비꽃들이 다닥다닥 피어 있다. 누가 씨앗을 뿌리지도 않았을 텐데 있을만한 자리를 찾아 자생하는 들꽃들이 신통해 보인다.

요즘은 철쭉꽃이 제 시절을 만났다. 나는 그 길을 걸으면서 오늘 내가 죽는다 해도 여한이 없을 것 같다. 그 꽃길이 주변 풍경과 어우러져 환상적인 분위기를 연출하면 어느새 나는 행복으로 가득 찬 여인이 되어버린다.

혼자서도 좋지만 가족도 좋고 연인도 좋고 친구도 좋으니 꼭 한번 이 길을 걸어 보라! 호수에 어린 호젓한 풍경을 보면서 걷노라면 노을빛 고운 석양이나 교교한 달밤이 아니더라도 아, 이곳이 바로 천국이구나 하는 생각을 저절로 하게 될 것이다.

– 수필 「꽃의 천국, 분당」 중에서

외출할 때도 엘리베이터나 자동차 문을 열면 닫기 마련이다. 열기만 하고 닫지 않으면 어떻게 될까. 열면 꼭 닫아야 하고, 닫으면 또 열어야 하는 게 우리의 삶 아닐까. 문 여는 것은 모든 것을 개방하고 소통하면 발전이 있지만, 문 닫는 것은 폐쇄적이고 단절되고 침체되는 것은 아닐까. 문을 여는 것은 마음을 여는 것과도 일치되지 않을는지. 마음을 꼭 닫아두면 먹통이 되어 답답하고 숨이 막힌다. 마치 문을 꼭 닫아 놓은 것처럼.

남편도 올해 같은 찜통더위에 어찌 문을 열고 싶지 않았을까. 날마다 미세먼지 수치를 봐가면서 보통인 날은 문을 반쯤 열고 나쁜 날은 완전 닫아야 마음을 놓는다. 나는 참을성이 어지간하다고 들어왔는데도 이것만은 참지 못하고 어느새 활짝 열고 만다. 이렇게 우리 부부는 문 여는 재미와 문 닫는 재미로 쏠쏠하게 지겨운 여름을 보냈다.

서로 문 열기만 좋아하면 문 닫는 일은 누가 하겠나. 그런 점을 보완하려고 우린 만나서 결혼을 하고 사는 게 아니겠는가. 서로 부족한 점 채워주고 어려운 것 해결해 주고, 필요한 것 나누면서 알콩달콩 살려고 결혼하지 않았나. 이제 열기만 좋아하던 계절이 꼬리를 감추고 어느새 산들바람 부는 가을이 저만큼 와있다.

- 수필 「열기와 닫기의 싸움」 중에서

30여 년 전 성남시의 혁신도시로 조성된 분당 지역은 신도시 개발 이후 전국적인 주목을 받아왔다. 문화예술시설은 물론 잘 다듬어진 공원을 조성하여 신도시가 요구하는 제반 시설을 눈부시게 갖추었던 까닭이다. 무엇보다 도심 한 가운데에 흐르고 있는 탄천은 자연생태계를 회복하여 물고기와 물새들이 노닐고 있어 주민들의 아름다운 휴식공간이 되어 주었다. 더하여 꽃들이 만발한 분당을 생각하면 박하영의 수필이 언급하려는 「꽃의 천국, 분당」의 비유적 개념 의도를 이해하게 된다. 봄이면 말할 것도 없지만 꽃으로 가득한 분당의 자연은 천국과도 같다는 아름다움을 명쾌하게 단정하고 있는 것이다. 분당 시가지를 걷다보면 여기저기 꽃들의 화사한 축제가 펼쳐지고 이젠 온통 꽃향기 속에 묻힌 아름다운 공원이나 아파트 주변을 걷다보면 꽃향기에 취해 비틀거릴 정도라고 한다. 천당보다 더 좋은 곳이 분당이라더니 그 말이 지나치지 않을 정도라는 예찬이다. 수필 「열기와 닫기의 싸움」이라 명명하는 부부의 지난여름 수난사는 유난스럽던 폭염의 고난을 들려주고 있다. 문을 닫고 여는 일 하나로 부부는 서로 다른 생각으로 말싸움을 만들고 있다. 남편은 미세먼지가 들어온다고 문 닫느라 바쁘고, 나는 덥다고 방방마다 문을 열어젖히느라 바빠 하루에도 수차례 반복하다가 마침내 말싸움이 벌어진 것이다. 남편은 오늘

일기예보에서 미세먼지 수치가 나쁘다고 문 열면 이 먼지를 누가 다 마시겠느냐고 큰소리를 치면 아내는 하는 수 없이 문을 닫기도 하지만 에어컨을 켜거나 선풍기를 돌리는 일을 선호하지 않는다. 남편은 수시로 컴퓨터를 켜고, 미세먼지 오염도를 보면서 문을 열지 말라는 금지령이 내린다. 어지간히 참다가 너무 숨 막히면 금지령이 내렸음에도 불구하고 한 소리 들을 각오를 하고 문을 열어젖히기 일쑤인 이들 부부의 설전은 어쩌면 대수롭지 않은 일이다. 이 수필의 결부에서 언급했듯이 '서로 문 열기만 좋아하면 문 닫는 일은 누가 하겠나. 그런 점을 보완하려고 우린 만나서 결혼하고 사는 게 아니겠는가' 긍정하며 부부가 결혼하여 서로 이해하고 사는 당위성을 제시하고 있다.

우울증에 시달리는 사람들을 간혹 본다. 세상 살기 힘들고 어려워서 그렇기도 하고, 뜻하는 대로 매사가 이뤄지지 않아서 그렇고, 몸이 아프거나 비대해져서 그렇고… 이유를 들자면 끝이 없다.

그 사람들은 왜 사는 게 재미가 없고 무의미하고 허탈하여 끝없는 나락으로 빠져드는 걸까. 그 늪에서 허우적거리며 그나마 짧은 인생을 허비하고 있을까. (중략) 주어진 삶을 그대로 받아들여 다독거리며 살아가려는 긍정적인 자세가 필요하다. 그 삶이 수준 높은 위치에 있던 낮은 위치에 있던 주어진 그만큼 받아들이고 감사하며 살아간다면 그런 최악의 사태는 가지 않았을 것이다. 세상살이에 너무 욕심 부리지 말고 주어진 현실에 충실하며 홀가분하게 살자. 밝고 건강하게 긍정적으로 살아가자.

'삶이 그대를 속일지라도 슬퍼하거나 노여워하지 말라. ~ 현재는 언제나 슬픈 것 ~ 지나간 것은 늘 그리워지나니'라던 푸시킨의 시가 문득 가슴에 와닿는다.

　　　　　　　　　　　　　　－ 수필 「우울의 늪에서 헤어 나오기」 중에서

　삶과 죽음은 백지장 하나의 차이라고 한다. 순간에 태어나고 순간에 죽음에 이르는 것이 생명이다. 그럼에도 자연한 까닭으로 어쩔 수 없이 생사를 나누기보다 스스로 섣불리 죽음을 선택하는 사람들이 적지 않은 세상에서 우리는 살아가고 있다. 얼마 전 탤런트 E 양이 우울증에 시달리다가 결국 자살에 이르게 되었다는 보도를 보고 도무지 믿어지지 않았다. 그녀를 사랑하던 많은 팬들에게는 큰 충격이었다. 참신하고 나무랄 데 없이 연기도 잘하던 그녀가 꽃다운 나이에 죽음을 택했다는 일은 너무도 안타깝고 슬픈 일이었다. 박하영 수필 「우울의 늪에서 헤어 나오기」는 자신에게 주어진 삶을 그대로 받아들여 긍정적인 자세로 내일을 향해 노력하는 자세가 결국은 자신이 추구하는 미래지향적 삶으로 살아갈 수 있게 된다는 조언이다. 스스로에게 주어진 삶이 어느 위치에 있든 겸허하게 받아들이고 감사하며 살아간다면 더 빛나는 내일을 설계할 수 있다는 것이다. '삶이 그대를 속일지라도 슬퍼하거나 노여워하지 말라'고 푸시킨은 전 세계적으로 슬프고 노여운 사람들을 위로했다.

　박하영 시인이며 수필가의 첫 수필집 『별 본 밤』을 출간하게 되어 여간 반가운 일이 아니다. 일찍이 시인으로 계간 『창조문학』에 등단하고 두 번째의 시집을 출간한 이후 계간 『현대수필』 신인상을 받고 수필 문학에 필력을 넓히더니 오늘 세상 살아가는 삶의 좌표를 아름답게 제시하는 수필집을 상재하게 되었다. 시 문학과 수필 문학을 이르러 수필은 나무의 뿌리와 같은 근원적 의미를 내장하고 있으며, 시는 나무가 피워 올린 아름다운 결실을 향하여 꽃을 피우는 성과의 의미를 내포한다고 필자는 믿고 있다. 박하영 문학의 더 빛나는 문향을 기대하며 출간을 축하드린다.

별 본 밤

박하영 수필집